新潮文庫

よるのふくらみ

窪　美澄著

新潮社版

10601

目次

よるのふくらみ

なすすべもない

「生理が毎月来たって排卵しているかどうかわからないんだよ。いつか子どもがほしいと思っているなら、まず基礎体温測ったほうがいいよ」

同じ保育園で働いている滝川先生にそう言われて、寝起きの布団の中で婦人体温計を口につっこむようになったのは三カ月前のことだ。

そんな面倒なこと、と思ったけれど、始めてみると意外にもその作業は楽しかった。

夜、寝る前に、布団の横に婦人体温計と基礎体温を記録するグラフ用紙とペンを用意しておき、朝、測った体温をすぐにグラフに書きとめる。一カ月たったら三十個の点を線で結ぶ。そのときがいちばんわくわくした。夜空を見上げて星座の形を結んでいくみたいで。

体温計がピピッと鳴った。三十六・三度。この前の生理が始まってから、今日で十四日目。多分、明日には体温が上がり始めると思う。

今年四十三歳になる滝川先生は、長い不妊治療を経て一昨年出産した。不妊治療にたくさんのお金と時間を費やしたのに、結局妊娠には至らず、もうどうにでもなれ、とだんなさんとバリ島にバカンスに行き、ケダモノのようにはめまくったら（滝川先生談）、見事に妊娠したのだそうだ。産休ぎりぎりまで働いていた妊娠中はおなかの赤ちゃんをバリ子、と呼んでかわいがっていた。

妊娠したいならなんでもあたしに聞いて、という滝川先生だけど、私たちが聞くよりも前に、生理や妊娠や出産のことについてたくさんのことを教えてくれたので、私が勤める保育園ではまだ彼氏すらいない若い先生でさえ、女性の体にまつわるいろいろなことについて耳年増（みみどしま）的にくわしくなっていった。

「二相性って言うんだけどね。体温が高い時期と低い時期がきれいにふたつに分かれるのが理想的なの。でも、そうじゃない人が多いからね。気長に続けてみてね」と滝川先生は言っていたけれど、私の基礎体温はつけ始めて最初の一カ月のときから、きれいに二相に分かれた。

そのグラフを滝川先生に見せると、

「……本に出てるみたいな理想的なラインだね。い、いつでも妊娠できるね早川先生は」と力なく笑われた。

私の意思や、気持ちや行動を無視して、この二、三日中に私の卵巣(らんそう)からは卵子が飛び出す。そう、私は今、排卵期なのだ。とはいえ、基礎体温に教えてもらうまでもなく、私はそのことを知っていた。ある日、気付いたのだ。私は生理と生理の間ごろに激しく欲情するってことに。

ふと隣の布団を見ると、圭ちゃんが私に背を向けて寝ていた。肩のあたりが呼吸に合わせて小さく上下している。昨日も帰りが遅かったのかな。私は左手を伸ばして、圭ちゃんの背中に触れてみた。圭ちゃんはぴくりとも動かない。

あのう私、今、欲情しておるのですが。

あなたとセックスがしたくてたまらないのですが。

気持ちが手のひらを通して伝わったら、どんなにかいいだろう。

今、圭ちゃんを襲ったら、百パーセント確実に私は妊娠すると思う。私の生理は狂うこともなく二十八日ごとにやってきて、生理が始まってから十四日たつと激しく欲情する。私という人間は悲しくなるほど健康で野蛮だ。昔、誰かが女の人のことを「子どもを産む機械」と言って非難されたけれど、一定の周期でさかる私はまるで、発情する機械のようなのだ。

カーテンを開けると、久しぶりに梅雨の晴れ間が広がっていた。

テレビで天気予報を確認すると降水確率が十パーセントだったので、洗濯物を外に干した。バタートーストの上にスクランブルエッグをのせ、ケチャップをぐるりと垂らしたものをカフェオレとともに飲み込むように食べ、歯を磨き、顔にSPF50の日焼け止めをべたべたと塗って眉毛(まゆげ)を描いた。そんなあわただしい朝の準備の合間に襖(ふすま)を開けると、圭ちゃんがさっきと変わらない姿勢のまま深く眠っていた。

私が働く保育園では、朝の七時半から子どもたちがやって来るので、その前の準備も含めると七時前には家を出ないといけない。圭ちゃんの会社は午前九時半からなので、八時半に家を出れば間に合う。完璧(かんぺき)にすれ違っている生活時間も、私と圭ちゃんとの間にセックスというものが消えてしまった原因なのかも、とふと思ってみたりもする。

晴れているときは自転車で、雨のときは区内を走る小型バスに乗って保育園に通う。今日はふと思い立って、保育園まで走って行くことにした。家を出る前にもう一度、襖を開け、眠っている圭ちゃんの背中に向かって、行ってきます、と言った。

十五分も走れば保育園に着く。川沿いのアスファルトの道にはところどころ、昨日の夜に降った雨の水たまりができていた。よけるつもりがよけきれず、買ったばかりのナイキのジョギングシューズで水たまりのなかにおもいきり着地してしまい、あとはどうにでもなれとやけっぱちな気持ちになって、わざと水たまりのなかに突っ込んでいくように走った。ぽーぽーとかわいい声で鳴く鳩の群れもよけずに走った。白い雲がぽかりと浮かんだ青空に、ばばばばばと羽ばたいていく鳩を見ながら、これじゃまるで、性欲をスポーツで発散させようとする男子中学生みたいかも、と思った。

私が受け持つ0歳児クラスにいつも一番にやってくる、佳也子ちゃんのパパが教室のドアを開けた。アパレルメーカーに勤めている佳也子ちゃんのパパはびしっとしたスーツ姿と手入れの行き届いた顎ひげがかっこよく、保育士にとても人気があった。手慣れた様子でスリングから佳也子ちゃんの体をするりと出し、今日はとっても機嫌がいいみたいです、と言いながら、佳也子ちゃんを私に手渡した。佳也子ちゃんのパパは珍しくノーネクタイでシャツのボタンをあけていたので、朝の光に照らされた首から鎖骨にかけての色の白さが目にまぶしかった。慣れた手つきで佳也子ちゃんの着替えを引き出しにしまう、手の甲に浮き出た血管ですら、なんだか今日の私には刺激が強かった。

「なーんかエロいんですよね。佳也子ちゃんのパパは」

同じクラスを受け持つ棚橋先生の言うことはいまひとつよくわからなかったけれど、

その意味が今日はなんだかよく理解できるような気がする。佳也子ちゃんのパパは笑いながら、佳也子ばいばーい、と窓の向こうで手を振っている。私の胸にくったりと体を預けている佳也子ちゃんの小さな右手を持ち、パパばいばーい、と言いながら小さくふってあげた。パパを視線で追っていた佳也子ちゃんは、パパの姿が見えなくなると、私の腕のなかで体をよじらせ、うわ――んと大きな声で泣き出した。背中をやさしくとんとんとたたきながら、うわ――ん、あたしもセックスしたいんだよぉと泣きながら言えたら、どんなにかいいだろうと思った。

圭ちゃんから「今日も遅くなるから夕食はいいよ」というメールが来たので、その日は駅前のハンバーガーショップで簡単に夕食をすませた。各駅停車の電車に乗り、三つ先の駅で降りる。駅前広場から続く商店街の、でこぼこなアスファルトの道路の上に小さな水たまりがいくつもできていた。圭ちゃんの実家であるコンビニエンスストアをのぞくと、黒い縁の眼鏡をかけたバイトの男の子が一人でレジを打っていた。まだ午後八時を過ぎたばかりなのに人通りの少ない商店街を歩き、実家の文房具店の中途半端に閉まったシャッターをくぐり抜ける。真っ暗な店内から寒々しい蛍光灯のついた奥の居間に上がると、背中を丸めた父が台所に立ち、中華鍋で何かを炒めているのが見えた。

「お父さん、シャッター開けたままでいいの？」後ろから声をかけると、

「おう、おまえか、びっくりさせんなよ」と振り返り、片手に持っていた中華鍋の中身を、見覚えのあるヤマザキパンまつりの白い皿に一気にあけた。ピーマンの緑ばかりが目立つ野菜炒めが皿の上で湯気をあげた。

「今から夕食？　お母さんは？」

「町内会の集まりでカラオケ」

父は野菜炒めののった皿と缶ビールを居間の座卓の上にのせ、リモコンでテレビのスイッチをつけた。

「おまえ、飯は？」

「うん。もう食べた」

そうか、と言いながら父は缶ビールに口をつけ、喉仏（のどぼとけ）を上下させながらごくごくと飲んだ。自分で作った野菜炒めを猫背で口に運ぶ父は、見るたびに小さく縮んでいるような気がする。

「圭祐（けいすけ）くんは元気か？」

「あ、うん」

「今日はなんだよ」

「カーディガンを取りにきただけ」

「そうか」

「お店のシャッター閉めてくるね」

たくさんの突起が足の裏を刺激する父の健康サンダルをつっかけ、暗い店内を通り抜ける。

長い棒の先についたフックをシャッターの穴にひっかけ、勢いをつけて下ろした。商店街の灯りはほとんど消えて、ビニールでできた原色の薄っぺらい飾りが風に吹かれている。線路の向こう側に大きなショッピングセンターができてから、歯が抜けていくように一軒、また一軒と、経営が成り立たなくなった店が姿を消して行った。私が子どものころには、新学期になるとレジに行列ができるくらい繁盛(はんじょう)していたこの文房具屋も、子どもが少なくなったせいなのか、売り上げはガタ落ちらしい。いつ店を畳むのか、父もそのタイミングを考えているようだ。

居間に戻ると、野菜炒めを食べ終えた父が畳の上にごろんと横になっていた。居間の奥にある狭くて急な階段を上がる。階段の横にある砂壁のざらざらを触ると実家に帰ってきた気がする。階段を上がって、すぐ手前にある私の部屋の襖を開けた。私が家を出てから、この部屋は母の衣装部屋になっている。

部屋のすみには、母がテレビショッピングで買ったと思われる、くるくる回る巨大な洋服かけが設置されていた。クリーニング屋のビニールをかぶった冬もののコートや、冠婚葬祭用のスーツに混じって、母が社交ダンスで着る派手な衣装も並んでいる。紫、ショッキングピンク、蛍光グリーン、スパンコール、ラメ、オーガンジー。非日常的な色と素材で作られた薄くてぺらぺらの衣装が見えてぎょっとする。

押し入れの中にある、プラスチック製の三段になった引き出しを開け、カーディガンを探していると、階段を上がって来る音がした。爪先立ち(つまさき)で、あわてて上がってくるから、すぐに母だとわかった。廊下に立ってこちらを見る母はお酒が入っているのか、頬のあたりが少しだけ赤い。

「カラオケじゃなかったの？」

「だって、じいさんとばあさんばっかりでつまんないんだもん。適当なこと言って早く帰って来ちゃった」

お母さんもそのばあさんの一人なのよ、という一言をあわててのみこむ。ちょっとした一言が私と母との間では喧嘩(けんか)の火種になるからだ。

「あんた、なんか今日雰囲気違うわね」

ごく些細な雰囲気の変化に妙にくわしくチェックを入れるのも母という生き物の特徴だ。短大の保育科に入った十八歳の夏、圭ちゃんとの初体験を終えて、何食わぬ顔で夕食を食べていた私に、「ねえ、なんか栗の花のにおいしない？」と言い放った恐ろしい人なのだ。

「仕事が忙しいからね。痩せたの少しだけ」と、どぎまぎしながら、母と視線を合わさずにカーディガンを探すふりをする。

「向こうの三回忌終わったら、すぐに結婚するのよね？　日取りが決まったら早く伝えてよ。こっちだって準備ってもんがあるんだから。ウエディングドレス着るならやっぱり三十前よね。だいたい、向こうの都合で結婚を待たせるなんてなんか納得できないわやっぱり。早く籍だけでも入れなさいよ圭祐が逃げ出さないように。結婚するならああいうまじめな子がいちばんなんだからね」

「母親みたいなこと言わないで」

聞こえなかったのか、聞こえないふりをしているのか、母は私の前を通り過ぎて、建て付けの悪くなったサッシを無理矢理開けた。風が吹いて、丸いほこりのかたまりが廊下のほうに転がって行った。

「沢村さんがねホッケくれたのがあるから。冷蔵庫に入ってるからあれ持って行きなさいよ」と言いながら、母が階段を下りていった。唐突に話題を変えたってことは、多分、私の言うことが聞こえていたんだろうな、と思う。カーディガンを何枚か選んでトートバッグに詰め込み、開けたままの窓とカーテンを閉め、電気を消した。居間に戻ると食事した皿はそのままに、父がうたた寝をしていた。押し入れからタオルケットを出して父にかけ、つけっぱなしになっていたテレビを消すと、浴室から母の歌う声が聞こえてきた。

私が中学に入った年、チラシの裏に極太のマジックで「好きな人ができました」という書き置きを残し、母はこの家から姿を消した。母の逃避行の相手は、線路向こうのショッピングセンターでトマトがこんなに薄く切れる包丁だの、水切れバッグンのサラダスピナーなんかを実演販売していた、母よりひとまわり年下の男性だった。日本各地のデパートやスーパーの催事場で仕事をしていたその男性と母は、三年間生活をともにした。

母が父と私を置いていなくなったことは、この商店街の誰もが知っていた。大人たちは興味津々（しんしん）の視線を巧みに隠しながら、私と父との生活を遠目に見守ってくれた。部活の帰りに商店街を歩いていると、おばちゃんたちが「みひろちゃんがんばんなさいよ」と言いながら、店先で売っている揚げたてのコロッケをくれたり、小さく切った高級メロンを口に入れたりしてくれた。

商店街の子どもたちの反応はもっとストレートで露骨だった。

「みひろの母さん、若い男と逃げたんだろ。おまえを捨てて」

「おまえの母さん、いんらんおんな」などとはやしたてられた。言い返すことができず、商店街のまんなかで口をむすんで立ちつくしていると、私より二年、学年が上の圭ちゃんがやってきて、「くだらないこと言うな」と言いながら、私をからかっている男の子たちを順番に殴った。

体が大きくて、背も高くて、勉強もスポーツもできた圭ちゃんはこの商店街の子どもグループのリーダー的存在で、圭ちゃんに殴られた男の子たちは何も言い返せずに、泣きながら家に帰って行った。

母は私が高校に入った年に、突然、この家に舞い戻ってきた。

朝、起きて居間に下りて行くと、母が湯のみを片手に新聞を読んでいた。母も、父も、何も言わず、三年前と同じ生活が再開した。

「三年間の家出はなかったこと」にしようとする母と、「あなたは私の母親じゃありませんから」と、とがった態度を保ち続ける私との喧嘩は何年も続いた。

短大を出て、今の保育園に勤め始めて五年目くらいのことだったと思う。どんなきっかけだったのか忘れてしまったけれど、デートの帰りに家まで送ってくれた圭ちゃんの目の前で、母と私の喧嘩が始まってしまったことがあった。口汚い口論の末、感情的に振り切れた私が、

「出て行きなさいよ！」と大声を出すと、

「あぁ、出て行ってやる」と母も叫びながら、新婚旅行で使ったという白いスーツケースを押し入れから引っ張り出し、簞笥(たんす)の中の衣類をめちゃくちゃに詰めだした。大声で私を罵(ののし)る母と、興奮して顔を真っ赤にしている私を、父が泣きそうな顔で交互に見つめていた。

私の後ろに立っていた圭ちゃんが私の肩をつかんで、あのっ、と大きな声を出し、父と母の前に立った。

「あの、僕とみひろでいっしょに住んじゃだめですか」

父と母がぽかんとした顔をして圭ちゃんを見つめた。

「つまり結婚したいと思っているんです。みひろと」圭ちゃんの顔は真っ赤だった。

「みひろが僕と住んでこの家を出れば、お母さんは出て行く必要はないと思います」

そう言いながら、圭ちゃんはスーツケースにぐちゃぐちゃに詰め込まれた衣類を畳

の上に放り出し、スーツケースを押し入れにしまった。母と父が何も言わずにじっと圭ちゃんの顔を見つめ続けていたので、間のもたなくなった圭ちゃんはなぜだかじりじりと後ずさりして、天井から下がっていた照明のかさに頭をぶつけた。かさの上にたまっていたほこりが舞った。圭ちゃんは、いてっ、と言ったあとに、ははっ、と情けない声で笑い、振り返って私の顔を見た。父も圭ちゃんの顔を見て笑った。私は笑おうとしたけれど、うまく笑えなかった。力が抜けたように畳の上にぺたんと座り込んだ母は、圭ちゃんを上目づかいでにらみながら、「あたしのことお母さんとか呼ばないでよ」とふてくされたような声で言った。

私が二十七歳の誕生日を迎える直前に、不動産屋で働いている圭ちゃんの弟、私の同級生でもある裕太が部屋を見つけてくれて、私と圭ちゃんは実家のある駅から三つ先の駅前のアパートに引っ越すことになった。引っ越しのための準備をしていると、母は私の部屋の入り口に立って「あんたの親離れも三つ先の駅まで、ってことよね」と、なぜだか安心したような声を出した。

圭ちゃんと暮らし始めてすぐ、圭ちゃんのお父さんの肺にがんが見つかった。見つかったときにはがんはすでに脳にも転移していて手のほどこしようがなく、亡くなるまでほあっという間だった。圭ちゃんが高校に入った年に圭ちゃんの家は酒屋からコンビニエンスストアになっていて、それ以来、お店のことは圭ちゃんのお父さんがすべて仕切っていた。お母さんはときどきレジを打つくらいで店のことにはほとんどノータッチだったので、圭ちゃんは自分の仕事が終わってから、バイトのシフトや商品の仕入れのチェックをするようになった。

夜中になると、「お父さんがいなくなって寂しい」と泣きながら圭ちゃんに電話をかけてくるお母さんの話を長い時間聞いてあげることもあった。圭ちゃんのお母さんの希望で、「結婚はお父さんの三回忌が終わってから」ということになった。ごめんな、と圭ちゃんはあやまってくれたけれど、三十歳になる前に結婚できればいいか、とぼんやり考えていた私はとくに反論もしなかった。

コンビニのほうは、長いことバイトで働いていた男の子が店長になってくれたおかげで、圭ちゃんの負担はほとんどなくなった。その代わり、圭ちゃん自身の仕事が殺人的に忙しくなった。SEとして働いていて、大きなプロジェクトの責任者になった圭ちゃんは、残業続きで終電に間に合わず、タクシーで帰宅する日々を過ごしていた。

そのころから、私と圭ちゃんとの間にはセックスというものが存在しなくなった。

同年代のカップルがどれくらいの頻度でセックスをするのか私にはわからないのだけ

れど、いっしょに暮らし始めたころは、私も圭ちゃんも忙しい合間をぬってそれなりに盛り上がっていたと思う。それがいつからか、週末ごとにあったものが二週間に一回になり、月に一回になり、三カ月に一回になっていった。最後にセックスをしたのは（正確に言うなら、セックスをしようとしたのは）去年の大みそかのことだ。二人でソファに並んで座り、奮発して買った菊姫大吟醸をのみながら紅白歌合戦を見ていて、なんとなくそんな雰囲気になった。

　そろそろと圭ちゃんの冷たい指が酔っぱらった私の頰に触れてきただけで、下腹部の奥がきゅんとせつなくなった。唇に軽く触れるようなくちづけの合間に、私は自分でセーターを脱ぎ、シャツのボタンをはずした。どこか冷静な圭ちゃんに比べて、明らかにうわずってがっついているのは私のほうだった。圭ちゃんの眼鏡を外してテーブルの上に置き、圭ちゃんをバンザイさせてトレーナーを脱がし、Tシャツをめくって圭ちゃんの乳頭を音をたてて吸った。ジーンズのボタンをはずしベルトをつかんで下ろすと、裏返るので、足もとまで一気に下ろした。圭ちゃんが、寒い、と言ったので、私が上半身裸のまま小走りで和室に行き、掛け布団を持ってきた。ホットカーペットの上に二人で倒れ込み、圭ちゃんが布団のなかにもぐりこんだ。真上にある照明がまぶしくて目を閉じた。光の残像が瞼（まぶた）の裏で躍った。圭ちゃんが私の乳頭を軽く噛んだだけで、生理のときみたいに自分のなかから温かい液体があふれるのを感じた。私は腕を伸ばして、固くとがっているはずの圭ちゃんを手のなかにおさめようとした。だけど私の手のなかにあるのは、やわらかくてふわふわしたかたまりだった。圭ちゃんをあお向けに寝かせて布団のなかにもぐり込み、私はそれを口にふくんだ。できるかぎりの創意工夫をしながら。だけど、口のなかですぐに形を変えるはずのそれは、いつまでたってもそのままだった。

「今日はなんだか……ごめんね」

圭ちゃんが私の頭をなでながらすまなそうに言った。忙しかったからね。仕方がないよ。そうは言ったものの、私はひどくがっかりしていた。私の欲情は方向性を見失ったまま投げ出された。無音のまっくらやみの宇宙に。役目を終えた古い人工衛星みたいに。

消し忘れたテレビから地を這うような除夜の鐘が聞こえてきた。

「ぐっすり眠っているみひろを起こしたら悪いから」

年が明けてから、圭ちゃんの希望で私たちはふたつの布団を並べて敷き、別々に眠るようになった。圭ちゃんはいつだって誰にでもとても優しい。昔からそうだった。同級生にいじめられている私や泣いているお母さんのことを、自分のことより優先させてきた。だけど、そんな圭ちゃんを私は少し嘘つきだとも思うのだ。

「おれがゆっくり寝られないから別々の布団で寝てもいい？」と言ってくれてもいいのに。

ひとつの布団にぎゅっとくっついて寝ていたときに感じられた圭ちゃんのぬくもりやにおいは、はるかかなたに遠ざかった。布団と布団はすき間なくぴったりとくっついて敷かれているけれど、その間にはマリアナ海溝のような深い亀裂があるように感じた。

挿入してくれなくてもいいから。

抱きしめてくれるだけでいいから。

最初はそう思っていた。だけど、それもやっぱり嘘だ。私のからっぽに栓をしてほしかった。限界ぎりぎりに怒張した圭ちゃんで私のなかをこすり続けて甘い声をあげたかった。

だけど、「してくれませんか？」という一言を圭ちゃんに伝えることはどうしてもできなかった。排卵期になるたびに激しく欲情している自分が情けなく、汚らしくも思えて、そんなときは、中学生のころ同級生にはやしたてられた「おまえの母さん、いんらんおんな」という言葉が耳をかすめた。母の血が半分流れているとしたら、私もいんらんおんななのかもしれないし、いつか衝動的な行動を起こすかもしれない。その可能性はゼロじゃないんだ、と思うとまた少しだけ母のことが憎らしくなった。

「早川せんせえ。合コンのメンバー足りないんですよぉ」給食後の皿を入れたプラスチックケースを一階にある調理室まで運んでいると、二歳児クラスを担当する後輩保育士の立花(たちばな)先生が声をかけてきた。

「三歳児クラスの横山先生が来るはずだったんですけど、今日、扁桃腺腫(へんとうせんは)らして寝こんじゃっているんですよ。女のほうが一人足りないんで。頼みますよぉ。先生は黙ってお酒がぱがぱ飲んでるだけでかまいませんからぁ」

目のまわりを真っ黒にアイラインで縁取った立花先生が廊下の真ん中で体をくねらせた。

「保育士とか聞いて目の色変えてる男でしょどうせ」

「ひゃははー、毒舌ぅ。なーんか、このあたりの地主の息子も来るみたいでぇ。あたし結婚して早くこの仕事やめたいんですよ。頼みますようせんせえ」

いやだいやだ絶対にいやだと言い続けたものの、立花先生におがみたおされ、強引に駅前にある居酒屋に連れて来られた。立花先生と、立花先生と同じ二歳児クラスを

担当する三浦先生とともに、店のいちばん奥にある個室に入っていくと、

「あっ、みひろ」と、見覚えのある顔が声をあげた。

商店街の米屋の息子、健司だった。その隣でもう一人、激しく見覚えのある顔、圭ちゃんの弟の裕太が私たちを見て笑っていた。

「池内先輩と結婚するんじゃないのかよう。おまえ、すでに既婚者みたいなもんだろ。なんで、こんなとこ来てんだよ」

口をとがらせた健司をカメラ屋の吉田くんが、まぁまぁ、とりあえずみんなそろったんだからいったん乾杯しようぜ、と言いながらなだめた。

にこやかに乾杯をしたものの、健司の顔を見ていると、「おまえの母さん、いんらんおんな」といじめられたつらい日々を思い出して、むかむかと腹がたってきた。けれど、その健司と話が盛り上がっている立花先生のために耐えた。

「なぁんだ、みんな同級生で知り合いだったんですねえ」

少し酔っぱらった立花先生がいつもよりさらに高い甘えた声で言った。

「そうそう。みひろが小学生のとき、犬に尻(しり)をかまれて泣きながら商店街を走り抜けたこととかさぁ。0点のテスト隠してたらおふくろにめちゃくちゃ怒られて、商店街の掲示板に張り出された話とかさぁ。それ以外のいろんなことも、み――んな知っ

てるんだよね」
きゃはー、かわいすぎるーと立花先生がテーブルを叩いて笑った。
ふふん、という顔で健司が私をちらりと見た。じゃあ、言うよ。私も言うよ。あんたが圭ちゃんに殴られて鼻血出して泣いたこととかさぁ、仏壇屋の未亡人ミツコおばちゃんに童貞を奪われそうになった話とかさぁ。心のなかで毒づきながら、曖昧な笑みを浮かべて、日本酒を手酌でのみ続けた。私の隣に座っている三浦先生は裕太に気があるのか、彩りよくサラダを取り分けたり、唐揚げにレモンを搾ったり、やたらに世話をやいていた。そのいちいちに、ありがとね、と言いながら、裕太はにこやかに皿を受け取っていた。

裕太に会うのは久しぶりだった。

熾烈な就職活動を経てやっと入った会社を、でかい会社はやっぱり向いてないと二年で退職して、家の近くにある小さな不動産屋に就職した。

「あいつ、将来一人で不動産屋を始めたいんだってさ。子どものころから飽きっぽいからなぁ」と、いつか圭ちゃんがため息をつきながら話していた。裕太は、今年の初めに実家を出て一人暮らしを始めた。私たちが通った小学校のすぐそばに。

「父さんが死んでから、母さんがいろいろめんどうくさいんだって。何かと裕太の世話を焼きたがって。母さんもさびしいだけなんだけどな」

　確かに圭ちゃんが言うように、裕太が家を出たころから、圭ちゃんのお母さんから圭ちゃんの携帯に長い電話がかかってくることが多くなった。

「じゃあ、もうすぐ、早川先生は裕太さんにとって義理の姉になるわけですよね」

　頬を赤くした三浦先生がモスコミュールを一口飲んで言った。

「なんか、やらしくないその感じ」吉田くんがとてもまじめな顔でぽつりと言ったので、「おまえの言い方のほうがいやらしいんだよぉぉ」と、健司が吉田くんの背中を手のひらでばしっとたたいた。立花先生と三浦先生のかん高い笑い声が耳に響いた。やっぱり来るんじゃなかったかな。そう思いながら、黙って飲んでいると、空になった杯に裕太が日本酒をついでくれた。

「じゃ、カラオケでも行きますか」という健司の声にみんなが立ち上がった。

　エアコンの効いた店から外に出ると、梅雨特有の湿気が肌にねばりつくようで気持ちが悪くなった。もう帰るね、と立花先生に言いたかったのだけれど、酔っぱらった大学生らしき集団が私の前をふさいで、駅前に向かうみんなの歩くスピードになかなか追いつけなかった。大声を張り上げる若い男の子の腕が私の右肩にぶつかった。ごめんなさいごめんなさいとあやまる男の子に、だいじょうぶです、と返事をしながら、このまま黙って帰ろうかどうしようか、肩をさすって横断歩道で信号が変わるのを待っていると、いつの間にか隣に裕太が立っていた。

「もう、いいんじゃない。顔色悪いし」

　裕太が私の腕をとって、横断歩道を渡らずに、みんなとは反対方向に歩きだした。後ろを振り返ると、きょろきょろと、裕太を捜す三浦先生の不安そうな顔が見えて、先生ごめんね、と心のなかであやまった。

　近くにあったコンビニのトイレを借りて派手に吐いた。

　這いずるようにトイレから出て、洗面所でうがいをし、鏡に映る自分の顔を見た。ちかちかと点いたり消えたりをくり返している蛍光灯に照らされている自分の顔は驚くほど真っ白で、目の下にうっすらとクマができていた。ふらふらとコンビニを出ると、携帯を見ていた裕太が顔を上げ、ん、と言いながら、コンビニのビニール袋を差し出した。中を見ると、冷たいミネラルウォーターと明治のストロベリーチョコが入っていた。はは、ありがと、と力なく言うと、うん、と言いながら裕太がまた携帯に視線を落とした。

　高校生のころ、母親と喧嘩をするたびに、商店街を泣きながら走って、圭ちゃんの家に飛び込んだ。圭ちゃんの部屋でひとしきり泣いて気持ちが落ち着くと、なぜだか急に甘いものが食べたくなって、圭ちゃんの家のコンビニで大好きなストロベリーチョコを買って帰った。大学受験を控えた圭ちゃんの代わりに、夕方から夜にかけては裕太がレジを打っていて、泣き腫らした目でストロベリーチョコを差し出すと、

「おまえそれ、どんだけ好きなんだよ」と心底ばかにしたような目で私を見た。

駅前のターミナルに続く細い道を歩いていると、また吐き気が襲ってきた。先に帰っていいよ、と隣を歩く裕太に伝え、道を少し外れたところにある児童公園のトイレに駆け込み、また激しく吐いた。蛇口をひねっても、ちょろちょろとしか出ない水を時間をかけて手のひらのくぼみにため、何度かうがいをした。トイレから出ると、遠くのほうに高架線路を走る電車の灯りが見えた。水銀灯の下のベンチに裕太が足を組んで座り、携帯を見つめていた。少し距離を置いて同じベンチに座った。見上げると、水銀灯に小さな虫が群がっている。

「健司のおふくろさぁ、去年、交通事故で大変だったんだよ」

裕太が携帯に目をやったまま口を開いた。

「退院したあとも車椅子(くるまいす)生活でさぁ。健司のとこ、うちと同じで親父(おやじ)は亡くなってるし一人っ子だろ。店やりながらおふくろの介護もしてさ。それが原因で彼女ともうまくいかなくなってさ。今日の飲み会もおれが頼んで吉田にセッティングしてもらって。

保母さんとは聞いてたけど、まさかみひろが来るとは」

保母さんじゃなくて保育士だよ、と言うと、胃のあたりがまたむかむかした。

「なんで合コンなんかくんだよ。兄貴とうまくいってないわけ」

「違う違う。人数が足りないって無理やり誘われたの」

ふうん、と言いながら、裕太は携帯をじっと見つめていた。

「裕太はどうなの？　あの彼女、元気？」

圭ちゃんと暮らし始めたころ、裕太と裕太の彼女がアパートにやって来て、みんなで手巻き寿司を食べたことがあった。裕太より何歳か年上だったはずの彼女の名前も、もう忘れてしまったけれど、お寿司を巻く指先には丁寧にマニキュアが塗られていて、裕太を見つめる視線や笑いながら裕太の肩に触れる仕草が、やたらに色っぽい人だった。裕太の彼女を見るのは初めてだったので、へぇ裕太はこういう人がタイプなんだ、となんだか妙に納得したことを思い出した。

「ずいぶん前にふられました」と裕太がひとりごとのようにつぶやいた。

服が白いから虫がたかるーと言いながら、裕太が水銀灯の下のベンチを離れ、パンダの形をしたバネ式遊具にまたがった。さっきまで少しだけ吹いていた風がやんで、また湿度が上がったような気がする。なんだかまた胸のあたりが気持ち悪くなってきて、バッグを枕にしてベンチに横になり目を閉じた。少しだけ目を開けると、カバンを斜めがけにした裕太の背中が見えた。

高校生みたいな白いポロシャツを着た裕太の背中を見ていたら、最近、何度も頭のなかをよぎる高校の渡り廊下を思い出した。

高校一年の一学期の終わり、その廊下で圭ちゃんに、つきあってください、と告白されたのだ。サッカー部のキャプテンだった圭ちゃんは学校でも人気があって、圭ちゃんのことを好きな女子だってたくさんいた。その圭ちゃんから告白されて、私はただうなずくことしかできなくて、圭ちゃんが立ち去ったあともぼんやりと長い間、なまぬるい夏の風が吹き抜けるその場所に立ちすくんでいた。しばらくすると渡り廊下の向こうから、メロンパンをくわえ、片手をポケットに突っ込んだ裕太が歩いてきた。

「なにばかみたいな顔して突っ立ってんの」

「あたしっ、あたし今、圭ちゃんに告白されちゃった」

裕太に駆け寄り、裕太の腕をぶんぶん振り回してそう言うと、「いやーん、みひろよかったねぇぇ」と気持ちの悪い声を出しながら裕太も私の腕を取り、二人してスキップをしながら渡り廊下の真ん中でぐるぐる回った。突然、真顔になった裕太は「ちきしょうタッチの差かよ」と言いながら、私の腕をふりほどき、食べかけのメロンパンを私に渡して、すたすたと渡り廊下の向こうに歩いて行った。そのときは気にもしなかった、タッチの差かよ、と言った裕太の言葉を、私はこのところ、何回も反芻し、するめいかのように味わっていた。圭ちゃんとセックスレスになってからというもの。

「あんたのだんなさん、返信もしないってどういうこと。さっきから何回もメールしてんのに。ほんとに仕事なわけあの男は」裕太が振り返って私の顔を見た。

「具合悪そうだなぁ。おれの部屋で休むぅ、なんてな。義理の姉さんとやばいかそれはやはり」

本音なのか、冗談なのか、笑いながら言う裕太の言葉を私の耳はしっかり録音した。また、その言葉を明日から何度も再生するために。

しばらく横になっていたら少しだけ楽になったので、裕太と駅に向かって歩き出した。ここから歩いて帰る、という裕太と改札口で別れた。

「来週、三回忌だな。じゃな」

別れぎわに裕太が私の背中をぽんと叩きながら言った。ホームに向かう階段を上がる前に振り返ると、裕太はまだ同じ場所に立っていた。私に気付くと裕太は小学生のときと変わらない顔でにかっと笑い、片手を大きく振った。

耳をすますと、窓を叩く激しい雨の音が聞こえてきた。土曜日だし、洗濯ができないのならもう少し寝ていてもいいか、と私は布団のなかでぐずぐずと過ごしていた。目が覚めてはまた目を閉じ、起きているのか寝ているのかわからないとろんとした気持ちのいい状態で、ずっと裕太のことを考えていた。正確に言うと、裕太にまたがって腰を振り、大きな声をあげる自分を想像していた。下半身が熱く、重く、だるくなった。私はパジャマのズボンに手を入れて下着の上から自分の突起を撫でていた。寝息も立てずにぐっすりと眠りこける圭ちゃんの隣で、ものすごーくいやらしいことを考えている自分に罪悪感を抱きながらも、私は激しく興奮していた。想像の中で私の腰の動きは次第に早くなり、とめどなくあたたかい液体が私の中からあふれた。もう少しでいきそう。顎を上げて、とびきりせつない顔でそう言う裕太に顔を近づけて耳たぶを甘噛みしようとすると、

「昨日、裕太と飲んだの？」

背中のほうから圭ちゃんの声がした。

息が一瞬止まり、百メートルを全力疾走したときのように鼓動が激しくなった。振り向くと、眼鏡をかけた圭ちゃんが布団の中で携帯をいじっていた。

「裕太から、えらいたくさんメール来てるな。今気づいた」

圭ちゃんが親指で携帯を操作しながら大きなあくびをした。

「昨日、立花先生に誘われた飲み会に行ったら、知り合いだったらしくて、なぜか裕太も来てて」しどろもどろだった。私の右手はまだ下着の上にあった。

「そんなに具合悪かったのか。ごめんな迎えに行けなくて」

圭ちゃんが裕太からのメールを読みながら言った。もうだいじょうぶなのか、そう言いながら圭ちゃんの腕が伸びてきて、大きな手のひらで私の頭をなでた。うん、と返事をしながら、私のほうこそ、こんな私でごめんね、と心の中で圭ちゃんにあやまった。

一週間後の日曜日、圭ちゃんのお父さんの三回忌が行われた。その日、圭ちゃんは三十八度七分の高熱を出した。保育園では季節はずれのインフルエンザが流行(はや)っていて、圭ちゃんと二人、注意深く手洗いやうがいを続けていたのだけれど、仕事が忙しく睡眠不足の毎日が続いていた圭ちゃんだけが見事に発症してしまった。

「休日診療の病院に行ったほうがいいんじゃない」と提案したものの、圭ちゃんは真っ赤な顔をして、「みひろが行って母さんを手伝ってあげて」とくり返すだけだった。

まだ家族でもない私が圭ちゃんのいない三回忌に出席するのはどうだろう、と思わないわけではなかったけれど、三回忌が終わったら圭ちゃんと結婚という流れを考えると、やっぱり行ったほうがいいんだろうな、と思い直した。行きたくない理由はもうひとつあった。昨日から生理が始まっていて、下腹部が鈍く痛んでいたから。私は朝食も食べずにバファリンを水でのみこんだ。

圭ちゃんのおでこに冷えピタを貼り、枕元にポカリスエットのペットボトルを置いて、具合が悪くなったらすぐに携帯に電話してね、と家を出た。ストッキングの肌ざわりがなんだか気持ちが悪く、久しぶりにはいたハイヒールのせいで、駅まで五分の道を歩いただけで靴ずれができた。その日は、晴れなのに突然ぱらぱらと雨が降ってきたり、遠くのほうで雷の鳴る音がしたり、天気がころころと変わる変な日だった。

五つ先の駅で下りて、タクシーでお寺に向かった。

タクシーを降りると急に風が強くなり雨が本降りになってきたので、あわてて傘をさした。お寺の門をくぐっても、圭ちゃんのお母さんに念を押されてかなり早い時間に来たせいなのか、私以外の人の気配がしなかった。本堂まで長く続く道の両脇に、青紫に色づき始めたあじさいが風に揺れていた。

ふと前を見ると、道の先に裕太が歩いているのが見えた。やっぱり兄弟だからか、顔はまったく似ていないのに、猫背になる歩き方が圭ちゃんと似ている。暑いのか、脱いだ上着を左腕にかけ、左手をポケットに入れて、黒い大きな傘を右手で持っていた。風が強く吹いたせいで、白いシャツの背中が膨らんで、前髪が少しだけ立ち上がったのが見えた。追いつこうともせず、声もかけず、私は裕太の後ろ姿を観察し続けた。

圭ちゃんと裕太のお父さんが亡くなったとき、喪主の圭ちゃんはみんなの前では絶対に泣かなかった。私の前でも。お葬式が終わってアパートに帰って来てから、浴室の中から押し殺すように泣く声が聞こえてきた。裕太は圭ちゃんと正反対によく泣いた。おまえは泣き女か、と健司に言われるくらい声をあげて泣いた。棺に取りすがって声をあげ本当に悲しそうに泣く裕太を見て、「お父さん子だったもんねぇ裕ちゃん」と言いながら、年配の女性たちが目頭をハンカチでおさえた。

火葬が終わるまでの待ち時間、圭ちゃんが親戚の人たちにビールをついでまわっているときに、裕太は泣きすぎておなかがすいたのか、けろっとした顔で海苔巻きをぱくついていた。生まれつき責任感の強い圭ちゃんが長男という自分の立場を必要以上に意識し過ぎるのに対して、裕太は子どものころから無邪気で自由すぎた。商店街の大人たちはそんな裕太を可愛がったけれど、私は裕太のそんな自由さをなんだか無責任に感じることが多かった。だけど今は……。

あの飲み会で裕太に会ってからというもの、保育園で子どもたちの世話をするときや、家に帰ってごはんを用意しているとき、ふと裕太の表情や言葉を思い出して胸が苦しくなった。圭ちゃんのいない静まりかえった部屋で目が冴えて仕方がないとき、裕太とセックスしているところを想像すると安らかに眠ることができた。

　圭ちゃんとのセックスがあれば裕太のことをこんなふうに思わなくなるのか、セックスさえできればそれが圭ちゃんの弟である裕太でもいいのか、考え始めると頭の芯がぼんやりと熱くなった。自分のなかに芽生えつつあるものが、恋なのか、それとも性欲なのか、私には判別できなかった。

　本堂でお経を読んでもらい、焼香を終え、お墓参りをしてから、本堂の隣にある別棟の建物で精進料理を食べることになっていた。

　二階の広間に上がると、「みひろちゃん頼むね」と、圭ちゃんのお母さんからよく冷えたビールの瓶を渡された。二十人近く集まった人たちにお酌をして回った。ビールがなくなると階段を駆け下り、一階にいるお寺のおばさんにもらいにいった。お昼すぎから気温も湿度も高くなったせいで、ビールは瞬く間になくなり、座る暇もないまま私は階段を上り下りした。

「圭祐はこんないい嫁さんが見つかって良かったなぁ」

嫁、という言葉にじりじりとした違和感を抱きつつ、圭ちゃんの親戚に笑顔でビールをついだ。下っ腹の鈍い痛みを我慢しながら、空になったビール瓶を抱えて階段を下りようとすると、入り口近くに座っていた裕太が私の顔を見た。裕太は顔を赤くしたおばちゃんたちに囲まれ、手にしたコップにビールをつがれたり、てんぷらを食べさせられたり、いつものように何かと世話を焼かれていた。

冷たいビール瓶を胸に抱えて二階に上がると、子どもの大きな泣き声がした。

その日初めて会った、圭ちゃんのいとこの息子だった。三歳くらいの男の子が私に向かって駆け寄り、ワンピースの裾をつかんで私の顔を見上げたので、ビール瓶を床に置いて抱き上げた。桃みたいなほっぺに涙の筋がいくつもついていた。なかなか泣きやまないので、男の子の小さな体を両腕でぎゅっと抱えるようにして背中をとんとんとたたいてあげると、しゃくり上げながらも、私の胸にぺたんと顔をつけておとなしくなった。男の子を抱っこしたまま畳に正座し、小さな背中をさすっていると、

「さすが保母さんだな」

目の前に座っていた圭ちゃんのお父さんの弟、商店街で果物屋を営む順次おじさんが声をあげた。順次おじさんはすでに酔っているのか、しわだらけの顔が真っ赤になり、てらてらと光っていた。

「そうよ。早く子ども産まないと。みひろちゃん来年もう三十だもの」

順次おじさんの隣に座っていた圭ちゃんのお母さんが、里芋の煮付けを口に入れながらくぐもった声で言った。

「一刻も早く産まなくちゃ」

里芋が大きすぎたのか、手のひらで口もとを覆いながら咀嚼をくり返す圭ちゃんのお母さんの手の甲にあるしみを黙って見ていた。

「みひろちゃんも飲まないか」と順次おじさんが空のグラスを差し出した。

私が受け取ると勢いよくビールをついでくれた。男の子はもうすっかり泣きやんでいたのだけれど、両脚を私の体にからめるようにして私の膝から離れなかった。のどが渇いていたので男の子を抱っこしながら、つがれたビールの半分を一気にのみほしてしまった。

「おふくろさんに似てお酒が強いんだなぁ」と言いながら、またビールをコップのぎりぎりまでついでくれた。いきなり母の話が出てきたので、どぎまぎした。

「この前も、商店街のカラオケ大会でえらい飲んでたなぁ、おふくろさん。最後は親父さんが迎えに来てたけどな。ははっ」

「あんなことがあったのに、みひろちゃんはちゃんと大きくなって保母さんになって、本当にえらいなあ」

順次おじさんは私のことをほめてくれたけれど、私の話をする前には必ず、あんなことをした母、という枕詞があって、そのたびに胸のどこかがちくんと痛んだ。

「お母さんと喧嘩ばっかりしているみひろちゃんがかわいそうだって圭祐が言ってね。いっしょに住むのは結婚をしてから、順番が違うでしょ、って言ってるのに、私の言うことなんてぜんぜん聞かないんだもの。圭祐は昔からやさしすぎるから。なんでも言われたとおり、人の言うとおりにしちゃうのよねぇ。今日だって仕事のし過ぎで熱出して」

そう言いながら、圭ちゃんのお母さんが椎茸の煮物を口に入れた。

「この仕出し、煮物はいまいちねぇ」

突然、鼻の奥がつんとしたので自分でもびっくりした。順次おじさんと圭ちゃんのお母さんの会話は、商店街の老朽化したアーケードをどうするのかという話題にうつっていて、もう私のほうに視線を向けることがなかった。男の子が私の顔を見上げて、ジュース、と言ったので、そうだねジュース飲もうね、と言いながら、私は男の子を抱っこしたまま階段を下りた。

一階の自動販売機の前にあるソファに男の子を座らせ、オレンジジュースをのませた。マスカラが落ちないように注意しながらハンカチで涙を拭いていると、裕太がソファに近づいてきた。裕太の顔を見た男の子がいきなり「おねえちゃんないてる」と言ったので、「ちがうちがう泣いてないから」と思わず大きな声を出してしまった。男の子の隣に座った裕太が男の子の肩を抱き、「女泣かせちゃだめでしょ」と言うと、「なかせたのぼくじゃない」と男の子が裕太の顔をにらみながら言ったので、裕太が吹き出した。

「ほらジュース飲んだから休憩は終わり。外で遊ぼ。おねえちゃんは年寄りにお酌して疲れてるから」そう言いながら裕太が男の子の手をつかみ、二人で庭のほうに駆け出して行った。

小一時間、圭ちゃんの親戚にビールをついで回っただけなのに、私はひどく疲れていた。

生理のせいだけじゃない。肩にのしかかってきたのだ。結婚をすれば、もれなくついてくる圭ちゃんの家族や親戚、まるでドラマのような嫁と姑の関係や、セックスの先にある妊娠や出産や子育てなんていうものが隠し持つ重さと鋭い輪郭が。子どものころから圭ちゃんのことが大好きで、圭ちゃんと結婚さえすれば幸せになれると信じていた自分の若さや甘さが、急に陰っていくような気がした。それでも、このまま大きな流れにのってしまえば、何事もなく私と圭ちゃんは結婚することになる。だけど、その前に話をしないといけない。セックスの話を。次の排卵期が来る前に圭ちゃんと。そうでないと私は。窓のそばに立ち、あじさいの咲く庭を男の子とともに駆けまわる裕太の姿を目で追いながら、そう思った。

冷蔵庫の野菜室に残ったキャベツを使いきるために、お昼はお好み焼きを作ることにした。二人で平日に有給を取り、のんびり過ごす予定だった。今担当している仕事の終わりが見えてきた、という圭ちゃんはいつになく上機嫌で、私の作ったお好み焼きをビールとともにおいしそうに食べてくれた。あのね、話があるんだけど、とテーブルの向こうでデザートのさくらんぼを口に入れた圭ちゃんに切り出した。圭ちゃんが私の顔を見た。セックスのことを話すのは体がちぎれるくらいの勇気が必要だった。顔だけじゃなく耳の中までかっと熱くなるのを感じた。

一度、息を吸ってから口を開いた。あのね、ずっとしてないでしょ私たち。圭ちゃんが身構えた表情で私の顔を見た。セックス、という言葉はどうしても音にすることができなかった。

「どうしてできないの？」そう言いながら子どもを叱(しか)っているような気分になった。

「……仕事が忙しかったから、疲れていて……悪いとは思うけれど」

しばらく黙っていたあと、圭ちゃんが口を開いた。

「みひろと結婚するために一生懸命働いているんだよ。おれは間違っている？」間違ってない。間違ってないよ圭ちゃん。心のなかで答えたけれど口にはしなかった。言葉にしたらこの話は終わってしまう。

「仕事が一段落したらいつかはできるの？」

食い下がるようにそう言いながら、この話を始めたことを私はすでに激しく後悔し始めていた。けれど、勢いのついた言葉を止めることができなかった。

「仕事の都合で私は待っていなくちゃいけないの？　圭ちゃんの本当の気持ちを教えてほしいの」テーブルの横で首を振っている扇風機の動きをじっと見ながら、圭ちゃんの言葉を待った。

「……正直に言うと、なかなかそういう気持ちになれない。……小さなころからずっといっしょにいて、家族みたいで」圭ちゃんがぽつりぽつりと小さな声で言った。

家族みたい。忍者の漫画に出てくるまきびしみたいにとがった言葉が私の胸に刺さった。その言葉を放たれたら、私はここから一歩たりとも圭ちゃんに近づけない。家族みたいに思われている人とセックスしたいと望んでいる自分が、とんでもなくいやらしい人間だと言われているような気がした。

「でもまだ家族じゃないよ私と圭ちゃんは」

感情を抑えて言ったつもりだったけれど、思わず大きな声が出た。

「私は圭ちゃんとセックスしたいのに。すごくしたいんだよ。このままセックスもないまま結婚なんかしたくない」

点けっぱなしだったホットプレートの上に唾が飛んで、じゅっという音を立てた。セックス、とはっきり音にするのは生まれて初めてかもしれなかった。言いながらあまりの恥ずかしさに胸がつまった。

「そんなみひろは見たくない」圭ちゃんが目を伏せて静かに言った。

「大きな声を出してるみひろは、みひろのお母さんにそっくりだよ」

お互い目を合わさないまま、じりじりと時間は過ぎて、私と圭ちゃんはテーブルの上のさくらんぼをただじっと見つめていた。

「牛乳が切れていたからコンビニに行ってくる」

私はつけたままのエプロンのポケットに財布をつっこんでアパートを出た。

別に、本当に買う必要はなかったのに、ぼんやりした頭のまま、駅前のコンビニで牛乳を買ってしまった。いつもの習慣で、袋はいりません、と言ってしまい、冷たい牛乳を手にしたままコンビニを出た。改札口を通り抜け、ホームに続く階段を登り、目の前にやってきた電車に乗り込んだ。関東地方の梅雨はあけたと、さっきお昼のニュースで言っていた。電車の窓から差し込む夏の光がまぶしくて目を閉じた。

実家のある駅で降りて商店街を通り抜け、小学校のそばにある裕太のアパートの階段を登った。乱暴にドアを叩いた。反応はなかった。もう一度、ドアを叩くと、裕太が頭をかきながら寝ぼけた顔でドアを開けた。え、と言いながら驚いた顔をした裕太の胸にしがみついた。くしゃくしゃのTシャツから汗のにおいがした。

「お願い。して」

しばらくの間、裕太は何も言わなかったけれど、手のひらがゆっくりと私の背中に触れ、私を抱きしめている腕に少しずつ力がこもった。

裕太に腕を引かれ、汗をたっぷり吸い込んで薄っぺらになった敷き布団の上に二人で倒れ込んだ。頭のなかで何度も何度もくりかえしていた妄想を、一から順番に辿るだけでよかった。

くちづけするのももどかしかった。前戯なんていらなかった。私は上半身にTシャツとエプロンをつけたまま、あわててジーンズと下着を脱いだ。裕太が私のなかに指を入れてかき回すと、ねちゃねちゃと卑猥な水の音がした。裕太の濡れた親指が私の突起を撫で、中指は私のなかにある一点をこすり続けた。その指の動きだけで、もうどうにも我慢ができなくなって、下唇を噛んでいたけれどそれでも声は漏れた。

　裕太の肩をつかんであお向けに寝かせ、その上にしゃがみこんだ。泣きたくなるほど待ち望んでいたものに指を添えて自分のなかに導き入れた。抵抗もなくつるりとのみこまれていくそれを、熱を持った私の粘膜がやさしく包み込んだ。裕太は目をかたく閉じていて私の顔を見ようとしなかった。私はやや前傾姿勢になり、自分の突起を裕太にこすりつけるようにして腰を前後に動かした。

「コンドームは？　つけなくていいの？」裕太が目を閉じたまま荒い息の合間にとぎれとぎれに言った。だいじょうぶな日だから。だいじょうぶ。そう嘘をつきながら私は腰の動きを早めた。あぁ、というせつなげな裕太の声と私の声が重なったとき、裕太が初めて目を開けて私を見た。顔を近づけて、裕太の目をのぞき込んだ。もしかしたらそこに愛情の欠片（かけら）のようなものが見つかるかもしれないと期待して。ほんの一瞬、裕太がおびえたような顔で私を見て、私の視線を瞼で遮るように再びきつく目を閉じた。

　悲しさがわき上がるスピードよりも速く、気持ちよさの極みが近づいていた。いく、という裕太の声とともに目を閉じると、裕太の放った液体を吸い込もうとするように私のなかがびくびくと震えた。

畳に座り込んで下着とジーンズをつけた。さっきからずっと黙ったまま、私に背を向けて布団に横になっている裕太の枕元には、私がさっき買った牛乳パックが倒れていた。

「兄貴やおふくろと」

向こうを向いたまま、かすれた声で裕太が言った。

「どんな顔して会えばいいんだおれ」

そう言いながらタオルケットの中に顔をつっこみ、背中を丸めたまま動かなくなった。首から肩にかけてのラインや肩甲骨のでっぱり具合は、やはりどこか圭ちゃんに似ていた。私に対して怒っているのか、私のことを哀れに思っているのか、私を拒絶するようなその背中の向け方も。

裕太の背中に、ごめんね、と、声をかけ、枕元の牛乳パックを手にして部屋をあとにした。

光化学スモッグ警報のサイレンが聞こえてきた。

緑色のフェンスをつかんで、誰もいない小学校のプールをぼんやり眺めていた。

ひどくのどが渇いていることに気付いて牛乳パックを開け、ごくごくと飲んだ。炎天下で飲む生ぬるい牛乳が、なぜだかとてもおいしく感じた。達したときのかすかな震えが、私の奥深くにまだ残っていた。

残った牛乳を足もとに注ぐと、名前も知らない雑草が白く染まった。歩き出すと、股(また)の間から粘度の高い液体が漏れてきて下着を濡らした。一歩ずつ、裕太のアパートから遠ざかるたびに、薄い皮を剝(は)ぐように裕太への気持ちが消えていく。

私の体は私の卵子に憑依(ひょうい)されて、卵子につき動かされているだけなのかもしれない、と思った。母が私と父を置いて、若い男と駆け落ちしたのが卵子のたくらみのせいだとしたら、ほんの少しだけ母を許せるような気もした。

梅雨が明けたばかりだというのに、アスファルトの道路の上で、あお向けになった蟬(せみ)が絶え間ない鳴き声を上げながらぐるぐると回転していた。子どもが駄々をこねるようなその姿を見ていたら、後悔と涙が同時にじわじわとこみ上げてきた。

平熱セ氏三十六度二分

煙草屋のカウンターには、俺が子どものころから、まさこという猫がいる。

多分、目の前にいるのは二代目か三代目かのまさこだと思うんだけど、猫の種類や性別が代わっても、名前はいつも、まさこ。煙草屋のばあちゃんも多分、名前を考えるのが面倒臭いんだと思う。時々、自分のことを人間だと勘違いしているんじゃないかと思うような犬とか猫がいるけど、まさこもそんな感じがする。

今日もまさこは、ガラス戸の向こうで白い腹を出して寝ている。人間みたいにあお向けになって。手はバンザイしてるみたいに、足も、おしりの下にあるしっぽも不自然なくらい、まっすぐにぴんと伸ばして。

仕事に行く前に、毎朝、携帯でまさこを撮影する。

不動産屋の仕事で、ムカッと腹が立つことがあったときには(不動産屋の仕事はたいていムカムカイライラする出来事ばかりだ)、休憩時間にまさこの写真を見る。一人でにやにやしていると、とげとげになったココロがやわらかくほぐれるような気がするから。

商店街を通り過ぎる女子高生たちの、みてみてあのねこ、かーわーいーいー、という声を背中で聞きながら、俺はいつにも増して熱心に、まさこを激写する。まさこが可愛（かわい）く撮れた日は、まさこの写真を誰かに見せたくなる。この写真を見て、顔をくしゃくしゃにして、大きな声で笑ってくれる誰かに。その誰かの顔を思い出して、朝っぱらからまた、胸のあたりがつねられたように、ちくちく痛くなる。

頭のねじを二、三本、どこかに落としてきたような大学生カップルに、ワンルームマンションの間取り図を見せているとき、おふくろが何も言わずに店に入って来て、俺に四つ折りにした紙を押しつけ、また何も言わずに出て行った。

「今日の夜は絶対に家でご飯を食べること。午後八時。時間厳守！」

紙を開くと、やたらに筆圧の高いおふくろのでかい文字が目に飛び込んできた。

「絶対に」のところは黒マジックを何回も文字のカタチに往復させて文字を太くしてあり、その横には赤いマジックで点々までついていた。

三十にもなって実家で夕飯なんて、もちろん行きたくはないけれど、親父（おやじ）が死んでから、異常に寂しがりになっているおふくろのことなので、行かないとそのあとがやっかいなことになる。メモを見ながら思わず、めんどくさっ、と小さくつぶやいてしまって、大学生カップルが顔を上げて俺の顔を見た。

「あ、ごめんなさい。お客さんたちのことじゃないからね」と言うと、目の前の二人が顔を見合わせて笑い、ちょーびっくりしたぁ、と、女のほうが男の顔を見てわざとらしく驚いた顔をして見せた。いやいや君たちも、もういい加減に決めてくれないと、ちょー面倒くさいお客さんになっちゃうんだよー、と思いながら、俺は紙を小さく丸め、机の下のゴミ箱に放り投げた。


俺が働く不動産屋はこの町の商店街の入り口にあって、俺の実家であるコンビニエンスストアはその並びにある。俺も兄貴も学生時代は実家でバイトをして、店長である親父の仕事を手伝っていたけれど、親父が死んだあと、店長は長いこと働いていたバイト君に、オーナーも親父の弟に任せてしまって、おふくろは一人、店の上にある自宅で悠々自適な老後生活を過ごしていた。

兄貴と俺は就職をして家を出ていたので、雨露がしのげる家があればいいの、あとは自分一人だけ食べられれば私はそれで十分、と物わかりのいいようなことを言いながら、商店街の、同じように現場をリタイアしたおばさんたちと、カラオケだ、社交ダンスだ、バス旅行だ、と、小金を散財して毎日をそれなりに楽しんでいるみたいだった。

だけど、親父の三回忌が終わったころから、なんだか急に寂しくなったのか、兄貴や俺に露骨に結婚や孫の話題をふるようになった。また、今日もそんな話をくどくどとするんだろう、と思いながら玄関ドアを開け、さみー、と言いながら、靴を脱ぎ散らかして廊下を進んだ。

魚吉さんで作らせたおつくりとか、吉永精肉店の鳥の丸焼きとか、太巻きとか、きゅうりやチーズを載せたクラッカーとか。誰もいないダイニングのテーブルの上には、おふくろが祝い事をするときに用意する料理が所狭しと並んでいた。今日はいったい何のお祝いなんだ、と思っていると、台所のほうで音がした。

中途半端にガラス戸が開いたままの台所に近づくと、おふくろ愛用のピンク色の割烹着を着たみひろが、こちらに背中を向けて、ねぎだかなんかの緑色の細長いものをものすごい勢いで刻んでいた。

みひろに会うのは、去年のあの日以来だった。

この前、会ったときより髪の毛が短く、明るい茶色になっていて、後ろ姿だけ見ればなんだか年齢よりも若くなったように見える。それなのに、首のうしろの盆の窪が、台所の薄暗い照明のせいなのか、なんだかやけに黒々として見えた。

あなた、なんだかやせてないですか。そんなふうにやけっぱちみたいに野菜を刻むのは、やっぱりなんだかわけがあるんですか。良かったら、まさこの写真でも見ませんか。


階段のほうから兄貴とおふくろの話し声がして、リビングのドアが勢いよく開いた。

「あら、裕太、早いじゃない。今、お兄ちゃんに廊下の電球替えてもらってたのよ。やっぱり年寄り一人じゃだめねぇ。何かと不便で」

「よ。早かったなおまえにしては」と、俺の顔を見た兄貴の隣にはいつの間にか、みひろが立っていて、タオルで手を拭きながら、久しぶりだね、と俺の顔を見て笑った。久しぶり、と返事をしながら妙にどぎまぎしてしまって、「今日、なんなの。なんのお祝い」と、テーブルの上を指さしながら、怒ったような声が出た。

「結婚よ結婚。お兄ちゃんとみひろちゃんの結婚の日取りが決まったの。五月にね。ほら、こんなとこ、みんなでつったってないで、乾杯しましょ早く」おふくろが歌うような声で言った。

その日の夜はひどく悪酔いをして、ところどころの記憶が抜け落ちている。

おふくろと兄貴と、みひろにつがれるままに酒を飲んで、おめでとー、おめでとー、と、大声でわめいていたような気がする。みひろと兄貴がいっしょに暮らし始めてから、こんな日が来ることはとうにわかっていたけれど、いざ現実になってみると、思った以上に俺のココロは衝撃を受けていた。目の前に座るみひろの顔は、やっぱりあんまり見られなかった。

おふくろの前だからか、大酒飲みのみひろにしては、たいして飲まず、小皿を片付けたり、グラスを替えたり、台所とダイニングを行ったり来たりして、「みひろちゃん。そんなのあとでいいの。今日は身内しかいないんだから。ここに座ってもっと飲みなさい」とおふくろに腕をつかまれ、日本酒をだばだばとつがれていた。

やけっぱちな気持ちで兄貴の顔を見て、おめでとっ、と、でかい声で言うと、兄貴が手のひらを俺に向けた。なんだこいつ、と思ったけれど、思い出した。俺と兄貴の子どもの頃の決まりごとだ。兄貴と入っていたサッカークラブで俺がゴールを決めたときや、兄貴が、この商店街の子どもには到底手の届かないような難しい大学に受かったとき、俺と兄貴はハイタッチして喜びを分かち合ってきた。三十過ぎた兄弟が、と思ったけれど、あまりにもうれしそうな兄貴の顔を見て、お情けでやってやった。

「ってぇ。なんだよ思いきり叩きやがって」と言いながら、兄貴は真っ赤になった手のひらをみひろに見せていた。手のひらをのぞき込むように見たあとに、兄貴の顔を見上げてふわりと笑ったみひろを見て、もっと強く叩いてやればよかったと思った。手首が折れるくらい。

「孫とか産まれたらねぇ。いっしょに住めたらいいんだけどねぇ」

お椀のなかのはまぐりの貝柱を箸でつまみながら、ひとりごとのようにおふくろが言った。

みひろは口角を上げたまま、何も言わずにビールのグラスを見つめている。おふくろが言ったことは聞こえているはずなのに、兄貴はつけっぱなしのテレビのニュースに目をやりながら、テーブルの上のごちそうを絶え間なく口に運んでいた。おまえは頬袋にエサをためるリスか。早く言ってやれ。死ぬまでみひろと二人だけで暮らしたい。俺たちの生活におふくろが口出しするな、って。図々しいおふくろのことだ、ひとつ許したら、どんどん二人の生活が侵蝕されるぞ。最初が肝心なんだぞ。俺が代わりに言ってやろうか。イライラしていると、兄貴が寝ぼけたような声を出した。

「まぁ、そのうちね。いろいろ俺も考えているからさ」

おまえっていっつもいっつもそうだよな。子どものころから、いろんなところにいい顔して。おまえがはっきりしないと、みひろがつらくなるんだぞ。そう言う代わりに、俺はただ黙ったまま、目の前にあるビールやら、日本酒やらをぐびぐびとのみ続け、気がつくとリビングのソファにひっくり返っていた。

「酒臭いのはよくないねぇ客商売で。ほどほどにしてよ。じゃ俺、ちょっと出てくるから。あとはよろしく」

そう言いながら社長が出て行った。この不動産屋は社長と俺の二人しかいなくて、客がこない平日の午前中、社長はこんなふうに時々いなくなる。また、女の家かよ。そっちのほうこそ、ほどほどにしろっつーの、と言いながら、思わずけとばしたゴミ箱が床に転がってがらんがらんと耳障り（みみざわ）な音を立てたせいで、まだ酒に浸ったままの頭の奥がひどく痛んだ。

その親子がやってきたのは、頭痛がやっと沈静化したその日の夕方のことだった。あごまで伸びた髪の毛を真ん中で分けた小太りの女性と、ランドセルを背負った男の子が、緊張した面持ちで店の中に入ってきた。男の子は女性が着た緑色のダウンジャケットの袖（そで）をぎゅっと握ったまま、女性の後ろに隠れている。

「あの、部屋を探していて」

緊張しているせいなのか、かすれた小さな声で入り口につったったまま女性が言った。

「あ、どうぞこちらへ」

カウンターの前の椅子を勧めると、女性は自分が座ったあとに、男の子の脇を抱えて隣の椅子に乗せた。

「どんな部屋がいいとか、具体的にあります？」

「この子と二人で住める部屋なら、どんなでもいいんです」

女性はうつむいたまま俺の顔を見ないで思い詰めたように言った。男の子はフリースの首もとのチャックを上げ下げしながら、店の中をぐるりと見回している。

「今、駅の向こうの不動産屋さんも何軒か行ったんですけど、母子家庭って言った途端に断られてしまって」

女性は視線を床に落としたまま言った。母親の緊張した声の調子に気づいたのか、男の子が顔を上げて母親の横顔をじっと見つめた。体全体のぽちゃっとした肉付きとか、ちょっと低めの鼻とか、目じりが上がった腫れぼったい一重まぶたとか、母親によく似ていた。

「あー、大手のチェーンの不動産会社はだめっすよ。あいつらやる気ないんでまったく。お客さん、会社員ですか？」女性が俺の顔を見てうなずいた。

「基本的には、お客さんと保証人の所得証明があれば何とかなるんですよ。でも、保証人がいらない物件もあるし、通帳の残高見せるだけでいいってのもあるし。あと、大家さんが面接して気に入ればOKって物件もあるし。お子さんの学校に近いほうがいいとか、オートロックがいいとか、三階じゃなきゃだめとか、なんでもいいんで希望を言ってみてくれます？　厳しい条件出されるほど燃えるタイプなんで」

早口でまくしたてると、女性の顔の緊張がゆるんで、一瞬だけ、ふっと声を出して笑った。つられて男の子もわけもわからず笑った。さっきみたいに思い詰めた顔と笑顔の落差があまりに激しくて、この人、こんなふうにずっと笑っていればいいのにな一と思った。

女性が提示した条件に見合う物件のコピーが入ったファイルを取り出すために、男の子が座っている左側の壁にある書棚に腕を伸ばすと、男の子が体をびくっとさせて、素早く頭をかばうように両手を置いた。

「だいじょうぶだよショウくん」と言いながら、女性が男の子の体を抱え、俺の顔を見て、すみません、と頭を下げた。このお兄さんはぶたないよ、と男の子の小さくてやわらかそうな耳にささやいた声は、しっかり俺の耳にも届いてしまった。その一言で、俺は内覧可能なマンションを見に行く順番を変えた。

築二十五年のマンションの三階、１ＬＤＫ。エレベーターも、オートロックもなし。小笠原さんというその女性と、ショウ君という男の子とともに、重い鉄のドアを開けた。

「目の前は警察署と消防署なんで、万一、何かあったときも問題ないすね。まぁ、消防車のサイレンとかうるさいとは思うけど。あと大家さんが一階にいるんですけど、俺が子どものころ通っていた幼稚園の元先生で。俺、いたずらしてよく尻を叩かれたんすよ。あっ、まぁ、それはいいか。この四階に、母子家庭のおうちがうちの紹介で入ってるんですけど、ちょっと仕事が遅くなるときとか、その先生が面倒見たり、晩飯喰わしたりしてるらしいんすよ。そういうのもちょっとポイント高いかな、あ、でもそういうのイヤな人はいやかな、どうだろ」

俺の顔を見ていた小笠原さんが、首を傾けてくすっと笑った。

「あ、やっぱ、そういう人間関係、だめなタイプですか？　煩わしいですもんね。俺も意外とだめなんですよそういうベタベタした感じの」ごめんなさい、違うんです。俺の言葉を遮るように小笠原さんが言った。

「あの……、いい不動産屋さんで良かったなって」

さっきみたいに一瞬じゃなくて、小笠原さんは割と長いこと笑顔のままでそう言っ

てくれたので、正直、飛び上がりたいくらい、うれしくなった。単純だなー俺。って
いうか男って。
「あ、ショウ君、勝手に出たらだめなんだよ」
小笠原さんは慌てて、サッシを開けてベランダに出てしまったショウ君の体を軽々
と抱え、部屋の中に連れ戻した。
「ごめんなさい。靴下のままベランダに出ちゃって」
「あ、だいじょうぶですよ。消防車ならここからのほうがよく見えるかも」と、ショ
ウ君に出窓を指し示すと、窓の外からサイレンと鐘の音が聞こえた。
「あ、消防車が出動するね。火事なんだねぇ」
火事だというのにショウ君を抱っこしたままの小笠原さんが、うれしそうな声での
んびりと言った。ショウ君がよく見えるように、体を反らした小笠原さんの首筋に、
紫色と黄色がまだらになった、大きめのあざが見えた。いきなり全裸を見せられたよ
うな、見てはいけないものを見たような気になって、すぐに目をそらした。
「ショウもすっかり気に入っちゃったみたいなんで」
振り返った小笠原さんが、こっちを見て言った。いつの間にか、母親の腕から下り
たショウ君は、出窓のカウンターに座りこみ、ひざを抱えて目の前の消防署を見つめ

ていた。

「ここに決めます」

小笠原さんの表情は、西日の逆光でよく見えなかったけれど、声の調子で、この部屋を気に入ってくれたことはよくわかった。

苦労して入った会社をやめて、不動産屋になるって言ったとき、おふくろや兄貴や、まわりの人は「なんで今さら不動産屋なんだ」って俺を責めた。「間取り図見るのが好きだから」って答えると、みんな呆(あき)れた顔で俺を見た。

会社勤めが向いてない、と思っただけで、俺にもたいした理由があったわけじゃない。だけど、人に説明するのは難しいんだけど、いろんな条件の人がいて、それに合った部屋が見つかると、それだけで純粋にうれしい。もしかして、そういうのが不動産屋のやりがいなのかも、と思ったりもする。やっかいな出来事も多くて、面倒くさいことがほとんどなんだけど、店に来てくれた人がいい部屋に巡り会って、そこでゆっくり休んでくれればいいな、って、嘘(うそ)くさいけど確かに思う。こんな話、こっぱずかしくて誰にもしたことないけど。

ショウ君のランドセルの黄色いカバーは、このあたりの小学校とは異なるデザインだった。出窓の前にうずくまる小太りのひよこみたいなショウ君を見ていたら、こんな古ぼけたマンションの部屋だけど、この子もここでぐっすり眠れればいいな、と単純にそう思った。

「俺はみひろがおまえとくっつくんだとばっかり思ってたんだよー」

兄貴とみひろの結婚が決まったという話をすると、お通しのわかめの酢の物を口に入れながら、目の前に座った同級生の米屋の息子、健司がそう言った。

その日は、二月の最後の日曜日に行われる商店街主催のこどもまつりの打ち合わせが児童館であって、打ち合わせが終わったあと、実行委員の一人である俺と健司は駅前の居酒屋で酒を飲んでいた。

「俺だってそう思ってたよ」

あっさりそう言った俺の顔を、健司は少しだけ憐れんだような目で見た。

「みひろはさぁ、おふくろのあんなことあってから、ちょっと暗かったときがあっただろ。まぁ、俺もガキだったからさ、あいつのこと、からかって悪かったってほんと思ったけど。まぁ、おまえの兄貴に思いっきり殴られて腹も立ったけどさー」

「ほんっと、あのときはごめん」

テーブルの上に両手をついて突っ伏すように頭を下げた俺を見て、健司が笑った。

「冗談だって。だけどさ、そんな大変なときだって、おまえといると、みひろはでかい口開けてよく笑ってたじゃん。おまえと同じ高校行ったし、てっきりおまえら、つきあうんだとばっかり思ってたらさぁ。いつの間にか」

そう言いながら、空になった俺のグラスに健司がビールをついだ。も――、やーめーてーよー、と、店の奥に陣取っている学生らしきグループのほうから、女の子の嬌声が聞こえた。

みひろのおふくろが夫と娘を置いて、若い男と暮らすために突然、家を飛び出したのは、俺たちが中学に入った年のことだった。この商店街に暮らす大人や子どもたちは、まるでひとつの大きな家族みたいに暮らしていたから、いい噂も悪い噂も筒抜けで、当然のように、その噂も瞬く間に広まった。みひろの家は商店街の中ほどにある文房具屋で、みひろを見かけると何かと世話をやく大人たちもいたけれど、みひろはそれが煩わしいのか、いつも口を真一文字に結んで、うつむきながら早足で商店街を駆けぬけていた。

「おまえの母さん、いんらんおんな」

いつだったか、そう言って、みひろをはやし立てた健司を、兄貴がおもいっきり殴ったことがあった。まわりのことなんか考えずに、兄貴はいつだってそんなことをする。健司の家だって、あのころは親父さんが外に女作って家ん中が大騒ぎになってた。だからって、あんなことを言っていい、ってわけじゃないけど、健司の事情も知らずに、ヒーロー気取りで商店街のど真ん中で殴らなくてもいいだろう、と俺は子どもながらに思ってた。健司は俺の親友だったから、しばらくは口もきいてもらえなくて、必死であやまり倒して、友人関係を修復するのにえらい時間がかかった。

俺がみひろを好きってことだって、兄貴は気づいていたはずだ。それなのに、先手を打つように、みひろに告白しやがって。

「この前、沙也加(さやか)がさ、言ってたんだけど」

「はいはい。おまえの彼女がね」

そう言うと、げへっ、と変な声を出して健司が笑った。去年、みひろが働いている保育園の保育士さんと、俺や健司や商店街の同級生と合コンをすることになって、それ以来、健司とみひろの後輩にあたる沙也加はつきあうことになったのだ。

「みひろさ、なんか病院通って、不妊治療とかしてるらしいぜ」

「不妊治療ってあれか、試験管で精子と卵子を、みたいな？」

「いや、俺だってよくわかんねーよ、そんなの。だけど、みひろはさ、今すぐにでも子どもが欲しいんだけど、どうも圭祐先輩のほうに問題があるらしくて」

「問題って？」俺が聞くと、健司は俺のほうに顔を近づけ、小さな声で言った。

「検査したら、みひろにも圭祐先輩にもたいした問題はなくって、タイミングさえ合えば妊娠はできるらしいんだけど、……いや、そもそもの問題があるらしくって。……やっぱやめるか、この話」そこまで言うと健司は顔を上げ、ジョッキのビールをあおり、テーブルの上のつまみに箸を伸ばした。

「うまいな、この子持ちししゃも」

「そもそも、ってなんだよ。そこまで話してもったいつけるなよ。その卵、注射器で詰めてるって噂だぜ」そう言うと、卵のぎっしり詰まった断面を寄り目で健司が見つめた。

「まじかよ。……いや、話を振った俺が悪いけど、弟のおまえに兄貴のこんなこと聞かせても、と思ってさ」

「なんだよ言えよ」

「……だから、できないらしいんだよ圭祐先輩。あっちのほうが。それでみひろが悩んでさ。保育園にそんなことに詳しい先生がいるらしくて、色々相談したみたいだぜ。……だけど女って恐ろしいよなぁ。職場が同じってだけで、そんなことまで話すかぁ普通」

あぁ、そういうことか、と、俺の中に浮かんでいたたくさんの疑問符が納まるべきところに納まった気がした。その次に、俺の頭の中に浮かんできたのは、あの日のみひろの、せっぱ詰まったような顔だった。

去年の、梅雨が明けたばかりのあの日。

俺とみひろは一度だけ、そんなことになった。

どういう理由かは知らないけれど、兄貴とみひろがうまくいってないことに俺は気づいていた。だから、わざと、みひろに優しく接した。罠（わな）を仕掛けたのだ。もしかしたら、今からでも俺のほうを向いてくれるんじゃないかと思って。

いきなり俺のアパートにやってきたみひろは、言い方は悪いけど、俺を「襲った」。もちろん合意の上なんだから、襲われたなんていうのはおかしいけれど。だけど、あの日のみひろは、いつものみひろじゃなくて、まるごとごろんと生々しい女で。俺は正直、怖かった。あんな存在感と迫力で勝負に出られたら、男なんて最初から負けてるようなもんだ。

思惑どおり、傾斜をつけた板の上を転がるビー玉のように、俺の手のなかにやってきたみひろを、結局のところ俺は拒絶した。コトが終わったあとに、「兄貴やおふくろとどんな顔して会えばいいんだ」なんて、ばかみたいなこと言って。

あの日、どんな思いで、みひろが兄貴と暮らす部屋に帰ったのか、それを想像すると、俺は自分の首を左右の手のひらでつかんで、雑巾みたいにぎゅっと締めたくなる。脳みそがとろけるような猛暑が続いた去年の夏、俺は後悔と、自分を責める気持ちと、今ならまだ間に合うんじゃないか、というかすかな期待を抱えたまま、灼熱の砂漠で火あぶりの刑に処されたような、狂おしい痛みに転げまわっていた。

だけど結局、俺は再び、みひろに声をかけることはできなかった。みひろも兄貴との関係を終わらせなかった。そして、兄貴とみひろは五月に結婚する。それがみひろの気持ちなら、俺が今さらどうこう言うべきじゃないだろう。

たった一回、あんなことがあったくらいで。

気が付くと、おーい、と、健司が俺の目の前で手を振っていた。

「俺を一人ぼっちにして居酒屋で物思いにふけるなよ。おまえに、こんな話始めた俺が悪かったよ。ま、飲めよ。ほら、焼き鳥もうまいぞ」

皿を俺の前に押しやってから、俺のグラスの中に健司がビールをついだ。

「子どものころに殴られたから言うわけじゃないけど」

そう言いながら、健司は串に刺さったししとうを口に入れた。

「悪いけど、俺は圭祐先輩のこと、あんまり好きじゃないな」

口の中のししとうを二、三回、咀嚼して健司が言った。

「商店街もさ、もう若いやつは数えるほどしかいないし、まぁ仕方ないんだけど、おまえの兄貴、いまだに名前だけ地域の子ども会の会長になってるだろ。親父さんが亡くなったあとも。今度のこどもまつりだって、有志の運営メンバーに入ってるけど、去年みたいにまた、何も手伝わないくせに、最後にえらそうにあいさつされると、ちょっとむかっとくるんだよ」

「僕たちはこの商店街で生まれて、この商店街の大人たちに育ててもらいました。だから今度は僕たちがご恩を返す番です」

俺が兄貴の真似をすると、ぶふっ、と健司が吹き出した。

「おまえの兄貴って何？　将来、区議選とか出るつもりなわけ」

「あいつの子どものときの夢、世界征服なんだよ」

「区議からスタートしたら相当、時間かかるなそりゃ」

不器用ながら、健司が俺をなぐさめるために、兄貴の悪口を言ってくれているのが、痛いほどわかった。けれども、健司と軽口を叩けば叩くほど、俺の気持ちはどんどん深く沈んでいった。いまだに整理できていない、みひろへの思いが、自分の体の至るところで深く根を張っていることに気づかされてしまって。

自分では、もうすっかり根絶やしにしたつもりだったのに。

二月の半ばのひどく冷え込む日だった。

隣町のパチンコ屋の駐輪場のすみに、どこかで見たことのある子どもが座っていることに気づいたのは、店に来たお客さんをアパートに案内した帰りのことだった。青緑色のフリースに顔を埋めるようにして膝を抱え、地べたに座りこんでいる。

夜になったら四十パーセントの確率で雪が降るかもしれない、と、世界の終わりが来るかのように、ワイドショーのお天気お姉さんが今朝、真剣な顔で語っていた。昼間は、重くたれ込めた雲間から少しだけ太陽が顔を出したけれど、日が暮れた途端、アスファルトの道路から立ち上るように伝わる寒さとともに、北風も吹いて、道行く人たちの顔を険しくさせた。

「あれ、ショウ君」

名前がすぐに出たのは、ランドセルの横に吊された白い巾着袋に、マジックのにじんだ文字で大きくショウ、と書いてあったからだ。ショウという文字の上には、元々書いてあった姓が二本線で消されて、その横に大きく小笠原、と書いてあった。

「何してんだこんなとこで。風邪ひくぞ」

腕をとってショウ君を立たせた。ズボンのほこりをはたくと、ぷりっとしたおしりの肉の冷たさが手に伝わった。

「お母さん心配するだろ。もう仕事から帰ってくる時間じゃないのか。ほら、家の近くまで行くから帰ろう」そう言うと、ショウ君は再び、地べたに座りこもうとした。

「おいおい。お母さん、ショウ君探してるかもしれないぞ」

しゃがみこんで、ショウ君の顔のそばでそう言うと、「違う。ここでママ待ってるの」と、ショウ君は首を伸ばして、突然開いたパチンコ屋の自動ドアの奥をのぞき込もうとした。パチンコ玉がぶつかる音とマイクで男ががなる声、それにかぶさるように流れる大音量のＢＧＭとともに、吐き気がするような煙草の臭いがここまで漂ってきた。

俺が店の中に入っていこうとすると、ショウ君が俺の腕を強く引っぱった。

「怖い顔しないで。ママぶたないで」

「絶対にぶたないよ。お母さんを探しに行くだけだよ」

しゃがみ込み、ショウ君の耳元に口を近づけて言った。

客の顔を確かめながら、店の中をぐるぐる歩き回る俺の後ろを、ショウ君が早足で追いかけてきた。しばらくすると、トイレに近い店の奥のほうで、ベージュのパンツスーツを着た小笠原さんを見つけた。両方の耳をぷくぷくした白い手でおさえているショウ君とともに、しばらく小笠原さんの後ろに立っていると、その気配に気づいたのか、小笠原さんが振り返り、ぎょっとした顔をした。そして、ショウ君を見てからゆっくり視線を上げ、俺の顔を見た。

「ママぁ、僕たちおなかすいてんだけど」

俺がでかい声でそう言うと、小笠原さんはいたずらが見つかった子どもが、これからお仕置きされるのを待っているような、悲しそうなしかめっ面をした。

煮込みハンバーグプレートを瞬く間に平らげ、ドリンクバーでコーラとメロンクリームソーダを一杯ずつ飲み干したショウ君が、うつらうつらし始めた。小笠原さんがショウ君の頭を自分の太ももの上に乗せ、自分が着ていた黒いコートを体にかけた。好きなもの食べてください、という小笠原さんの言葉に甘えた俺は、ビーフシチューと中ジョッキのビール二杯と、ドリンクバーのコーヒー一杯を平らげ、やはりショウ君と同じように、満腹とファミレス店内の効き過ぎた暖房でわき上がってくる、眠けとあくびを押し殺していた。小笠原さんは何も食べず、カップを両手で持ち、すするようにコーヒーを飲んでいた。

「ごめんなさい」

コーヒーカップを置いてうつむいたまま、小さな声で小笠原さんが言った。

初めて不動産屋で見たときの化粧っけのない小笠原さんとは違って、通勤用なのか、今日の小笠原さんは濃いメイクをしていた。けれど、なぜだか口紅は取れたままで、そのアンバランスさ加減に、なぜだか少しだけどきっとした。

「何で俺にあやまるんすか」

「ショウを待たせて十分だけ、のつもりだったの」

「俺に関係ないすよ。責めてるわけでもないし。ただ、炎天下ならやばいですよねショウ君。脱水で死んじゃってるかもですね」

母親の太もも枕の上で少しだけ口を開け、気持ちよさそうに寝ているショウ君の顔がここから見えた。あぁ、俺も今すぐそこで眠りたい。などと、よからぬことを考えていると、うつむいていた小笠原さんの顔から、雨が降ってくるみたいに涙がぱらぱらっと落ちた。

「パチンコで借金作ってだんなに払わせて。完済したのにまたパチンコして。離婚して、せっかくパチンコ屋のない町にひっこしてきたのに。また、ふらふらって」

小笠原さんがバッグからハンカチを出し、その角で目じりの涙をぬぐった。パチンコとは縁のなさそうな上品なスーツをまとった小笠原さんの話の生々しさに驚きながらも、小笠原さんという女性のだめさ加減に、体のどこか、奥深くがかすかに興奮していた。

　目の前の小笠原さんはしゃくりあげるように本格的に泣き始め、テーブルのそばを通りかかるウェイトレスやほかの客が、じろじろと興味深げな視線を俺と小笠原さんに投げかけているのに気づいていた。泣いている女を泣きやませることができたらおまえも男として一人前だ、とかなんとか、酔っぱらった社長に言われたことがあったけど、俺にはまだ無理。絶対に無理。

「泣きたいときは泣いたほうがいいとは思うんですけど……、だけど、ここで、そんなに泣かれても。みんなびっくりするし……あっ、そうそう」

　俺は慌ててカバンの中から携帯を取り出した。

「あの、ほらこれ見てください。まさこっていう猫なんだけど。こいつ変でしょ。煙草屋の看板猫なんですけど。ほら、こんなふうに、人間みたいに寝るんですよ」

　俺は腕を伸ばして、携帯の画面を小笠原さんに向け、撮りためていたまさこの写真を次々に見せた。

　あお向けに寝てる写真だけじゃなくて、前脚で目を隠しながら寝てる写真とか、煙草のカートンボックスを枕にして涅槃像みたいに寝てる写真とかも。きょとんと俺の顔を見つめた小笠原さんも本当はあんまり興味がないみたいだったけど、それでも俺の勢いに負けたのか、泣き顔のまま、まさこの写真を見て、最後にはほんの少しだけ笑顔を見せてくれた。

ずん、と腰に来る重さのショウ君をおんぶして、支払いをしている小笠原さんを待っていると、店の奥の席から立ち上がって、俺に手を振る誰かの姿に気が付いた。目を細めて見ると、健司の彼女の沙也加が親指をぐっと立て、ウインクしているのが見えた。ちーがーうー、と声を出さずに口をぱくぱくさせながら右手を振ったけど、もちろん沙也加に伝わるわけもなく、俺を見てただにやにやと笑っていた。沙也加の向かいの席に座っていた誰かが立ち上がって首を伸ばし、俺を見た。みひろが俺に向かって微笑み、小さく右手を振っていた。は——、と長いため息が出たのは、ショウ君の重さのせいだけじゃなかった。

ファミレスのそばとはいえ、小笠原さんのマンションまでショウ君をおんぶして歩き、部屋のある三階まで階段を上がるのは、正直骨が折れた。こんなに寒い日だというのに、ワイシャツの下で汗が流れた。

ぐっすりと眠っているショウ君を布団に寝かせ、襖を閉めると、小笠原さんが淹れてくれたコーヒーがテーブルの上で湯気をたてていた。ショウ君が寝ている和室にも、キッチンから続いたリビング兼ダイニングにも、必要最低限の古びた家具しかなかったけれど、掃除が行き届いているせいなのか不潔な感じがしなかった。だからこそ余計に、あんなにうるさくて空気の悪いパチンコ屋で、子どものことも忘れて、無表情にパチンコ台を見つめる小笠原さんのことが、ちょっとだけ恐ろしく感じられた。

目の前に座る小笠原さんはジャケットを脱いで椅子の背にかけていた。Vネックのニットから見える白い肌が目にまぶしかった。

「重かったでしょう。ごめんなさい。私に似て太っちょで」

そう言って小笠原さんがマグカップに口をつけたので、俺もコーヒーを飲んだ。さっき飲んだファミレスのコーヒーとは比べものにならないくらい深い味がした。

「ごめんなさいさっき。私、変なこと話して」

「いえ……。聞いたことも見たことも全部消去します」

小笠原さんが俺の顔を見て微笑み、もう絶対しない、って毎回思うんですけど、とひとりごとのように言った。

「さっきのファミレスにいた女の子、友だち？　彼女ですか？　もしそうだったら、ごめんなさい。ショウおんぶして、なんだか変なふうに思われたら」いや違うんです。そう言いながら、俺はまたコーヒーを飲んだ。

マンション前の道路にはひっきりなしに車が通っているはずなのに、あまりにも静かな夜だった。天井のほうから、上の階の住人なのか、ぱたぱたと歩く足音が聞こえた。

「彼女じゃなくて……、ほんとは彼女にしたかったんですけど」

いきなりそんな言葉が口をついて出たのは、ビールの酔いがまだほんの少しだけ残っていたのと、ファミレスで小笠原さんの生々しい打ち明け話を聞いていたせいかもしれなかった。結婚するんですよ俺の兄貴と。五月に。

「そっか」

なぜだか小笠原さんはさっきまでの敬語じゃなくて、親しい友人みたいにそう言ったまま、それ以上何も言わず、白い陶器のミルクピッチャーからコーヒーの中にミルクを注いでスプーンでくるくるとかき回した。俺にかける言葉に迷っているわけではなくて、軽々しくなぐさめの言葉を言わない人なのだろうという気がした。

俺たちはしばらく黙ったまま、コーヒーを飲んだ。

親しい友だち同士でも、仕事でも、話が途切れるとどうしていいかわからずどぎまぎしてしまう俺も、小笠原さんと俺との間に横たわる沈黙は、ちっともいやじゃなかった。けれども、チェストの上にある時計が午後十時近くを指していたので、慌ててコーヒーを飲み干した。

「あの、これ。今月末の日曜日、児童館でこどもまつりあるんですよ。良かったら来てくださいショウ君と」

カバンの底でくしゃくしゃになっていたチラシを小笠原さんに渡し、コーヒーごちそうさまでした、と玄関で靴をはいた。

「あ、綿菓子もあるの？　りんご飴もスーパーボールすくいも。絶対ショウを連れていくね」

チラシを手にした小笠原さんの声が狭い玄関に響いた。

靴紐を結びながら振り返って見上げると、小笠原さんが着ているニットから伸びた、ふわふわした糸のようなものが廊下の照明にやさしく揺れていた。じゃ、失礼します、とドアを閉めたとき、はっとひらめいた。ふくふくと太った小笠原さんの質感は何かに似ている、と思いながら、それが何かわからず、いらいらしていた。小笠原さんは、煙草屋のまさこに似ているんだということが。だけど、やっとわかった。

客足がやっと途切れた日曜日の午前中、ふと顔を上げて、商店街を行き交う人たちに目をやると、小学校低学年くらいの子どもたちがバタバタと店の前を駆けて行った。すぐに一人の男の子が店の前まで戻って来たので、よく見ると、ショウ君がむちっとした手のひらを俺に向けて振り、にかっ、と笑って、またすぐに駆けて行った。目のすぐ下まで持ち上がった赤いほっぺが、磨いたりんごみたいにぴかぴかしていた。

なんだか見かける度に太っていくなぁ、と思いながら店を出て、そば屋であわただしく昼食をすませ、忙しさでイライラしている社長と顔を合わせる前に児童公園で缶コーヒーを飲もうと思った。

ベンチに向かって歩いて行くと先客がいた。

イヤホンを耳に差し、手にした紙のようなものを見ながら、にやにやしているみひろだった。俺が近づいてもちっとも気がつかないので、ベンチの後ろに回って、みひろが手にしている紙をのぞき見た。折れ線グラフのようなものが延々と続いていた。基礎体温とか、月経周期とかいう太い文字が見えて、俺はたじろいだ。三十六・五〇のところで赤いラインが引かれて、日々の体温はその線を超えたり、下にもぐったり、ギザギザと上がり下がりしていた。基礎体温って避妊するときのあれじゃないのか、よく知らないけど。女はなんだってこういう生々しさを抱えたまま、メシくったり、仕事したり、何食わぬ顔で日常生活を送れるんだろーなー。びっくりだ。

俺がみひろの右耳のイヤホンを抜き取ると、ぎゃっ、という声を出して、みひろがうしろを振り返った。

「バケモノみたいな声出すなよ。おまえ、一人でにやにやして気持ち悪いなー」

そう言うと、みひろが慌てて手にしていた紙を畳んでトートバッグの中にしまった。俺はベンチの前にある、パンダのカタチのバネ式遊具に腰かけた。前髪をやたらにさわったり、コートの衿(えり)を直したり、明らかにみひろが挙動不審になったので、「これのんだらすぐ帰るから」と、パンダを前後に揺らしながら言った。

「今日も兄貴、仕事なのかよ」

「あ、うん。なんかまた、大きな仕事の責任者になったみたいで」

「ふ――――ん。来週のこどもまつり、絶対来いって言っとけよ」

そう言いながら、飲み終わったコーヒーの缶をゴミ箱の中に投げ入れた。じゃあな、とみひろに声をかけて、歩き出しながら、俺は背中にみひろの視線を感じていた。なんだか俺に言いたいことがあるような気がして。俺にもみひろにかけたい言葉が山ほどあった。足早に歩きながら、決して音にはならない、そんな言葉の数々をココロの中で反芻(はんすう)していた。

もし、兄貴とうまくいかなくなったら……。そこまで思いかけて、俺は、俺のココ口の中にある饒舌な口にチャックを命じた。

こどもまつりが行われる日曜日、関東地方では前の晩から雪が降り始め、積雪は五センチほどになった。

「おつかれさまでーす」と言いながら、小学校のPTAの母親たちが、会釈をして児童館の中に入って行った。

「いやー、毎年思うけど、子持ちの女ってなんか色っぽいよなー、なー裕太」

健司が雪の小さな山のてっぺんにスコップを差し、首にかけたタオルで額の汗をふいた。

「休むな。早くそこ雪かきしろ。時間がないんだから。くだらないこと言ってると沙也加に言いつけるぞ」そう言いながら、入り口に続くコンクリートのスロープの上で、明け方の雨と混じってシャーベット状になった雪をスコップですくった。

「裕太くん、ファミレスで一緒だったらしいじゃないの、ちょっと色っぽい人と。子どもおんぶしてたらしいじゃないの。誰なのその人？」

「店に来たお客さんだよ。おまえに関係ないだろっ」と、足元の雪を手のひらで丸めて健司に投げつけた。やーめーろーよー、と言いながら、小学生男子みたいにふざけている俺たちのそばに、黒い長靴を履いた果物屋の順次おじさんが、滑らないように腰を不自然に曲げ、小刻みに足を前に出して、そろりそろりと歩いて来た。

「おう、裕太、健司、ごくろうさん。圭祐、今日来るんだろ」

「あぁ、そうみたいですけど」

「そうか。圭祐のあいさつがないと最後がしまらないからよ。さっき、小学校のお母さんたちにも聞かれちゃってさー。あのかっこいい人、今年も来るんですか、だって。もてるよなぁおまえの兄貴」それだけ言うと、順次おじさんは来たときと同じように腰を曲げながら、再び玄関に戻って行った。その背中に向かって、「俺たちってなんか、船底で船こいでる奴隷みたいじゃね」と言いながら健司はざくざくと雪をすくい、道の両側に勢いよく放り投げた。

前日に雪が降ったにしては、予想以上にたくさんの子どもたちと家族が児童館にやって来た。俺と健司は、階段の踊り場わきのスペースで、水を入れた子ども用ビニールプールの後ろに座り、金魚すくいと同じ要領で水に浮かばせたスーパーボールをすくわせる遊びを担当していた。

ショウ君と小笠原さんがやって来たのは、午後二時を過ぎたころだった。ほとんど素顔で、ダウンジャケットを着た小笠原さんは、なんだかひどく幼く見えた。

隣にいた健司は、小笠原さんの顔を見ると、「俺、飲みもの買って来るわ」と、俺のひじをつねったあとに、どこかに消えた。しゃがみ込む子どもたちの後ろから、水面を見つめるショウ君に、好きなだけすくいな、と、お椀(わん)とすくい網を渡すと、ありがと、とショウ君が頭を下げた。良かったねぇ、と小笠原さんがうれしそうな声をあげ、俺に温かい缶コーヒーを渡してくれた。ショウ君は、子ども達の隙間(すきま)に無理矢理体を押し込み、迷惑そうなまわりの子どもの視線を気にかけることなく、獲物(えもの)を狙(ねら)うハンターの様な目で水面をにらみ始めた。

「すごいね。ここの商店街。こういうおまつりとか盛んなんだね」

「死んだ親父(おやじ)がおまつり好きで、最初は趣味みたいに始めたんですよ。俺たち兄弟が商店街で悪さばっかりしてるから、罪ほろぼしだって。今なんか子ども少ないのに、手間と経費ばっかかかっちゃって」

ショウ君が振り向いて、お椀の中のスーパーボールを小笠原さんに見せた。やったね、とショウ君に言いながら、小笠原さんは缶コーヒーを両手に挟んでころころと転がした。

「兄弟でそんなに悪かったんだ」

「いや、悪いのは俺だけですよ。商店街でサッカーして、ケーキ屋のショーケース壊したり、掲示板にエロいお姉さんの写真貼ったり」ふふっ、と首を傾けて小笠原さんが笑った。

「あ、そうだ。私もね、煙草屋の猫、まさこだっけ、写真撮ってるんだよ通勤前に。ほら」

そう言いながら、カバンの中から携帯を出し、小笠原さんがまさこの写真を見せてくれた。のぞき込んだ小さな画面の中のまさこは、M字開脚のように後ろ脚をおっぴろげ、前脚を胸の上でクロスさせて寝ていた。

「あ、あいつ、こんなポーズで寝やがって。俺こんなの見たことない。超レアっすね」

「病気が出そうになったときね。まさこの写真見て我慢してるの」

「病気？」

「……パチンコ」小笠原さんが俺の顔を見上げて、小さな声でささやいた。

「ははっ。効果ありますか？」

「うん。今のところはね」

目尻に皺を寄せて、照れたように笑う小笠原さんの横顔を見ていたら、空高くにいる誰かの手から、俺の頭の上に何かの種が蒔かれたような気がした。固くて小さな種子だけれど、いつか芽を出しそうな、そんな気がした。みひろへの気持ちが未(いま)だに深く根を張っている俺のココロのどこかで。

そのとき、みひろが携帯を耳に当てたまま、階段を下りて来た。ほんの少し顔が青ざめていて、階段を上がって来た順次おじさんや、ほかの商店街の組合の親父たちに、ぺこぺこと頭を下げてあやまっていた。俺の視線の行方に気づいた小笠原さんが、みひろのほうに目をやり、「あ、忙しいのにごめんね。もう少しショウと遊んで帰るね。おまつりのこと、教えてくれてありがと」と言って頭を下げた。

「なんかまずいことあった？」

階段の踊り場で立ちつくしているみひろに近づくと、あ、うん、と言って目を伏せ、しばらく黙っていた。

「……小学生のお兄ちゃんがおまつりでもらった小さいスーパーボール、赤ちゃんが飲み込みそうになったって、お父さんが怒鳴り込んできたの。代表者に会わせろって。だけど圭ちゃん、今日も休日出勤で、まだ来てないから、それ聞いたらまた怒ってしまって。私も一生懸命あやまったんだけど」

一瞬、泣きそうな顔になったみひろに、俺はさっき小笠原さんにもらった缶コーヒーを手渡した。

「それ、家に帰ってからの話だろ？」みひろが力なくうなずいた。

「だったら、俺らの責任じゃないんじゃない」

「……そうなんだけどね。そんなに危ないものどうして配るんだって」

みひろがまた暗い顔をしてうつむいた。

コンビニのビニール袋を手に下げて健司が階段を駆け上ってきた。だ——も——、と声を出して、俺は一回だけ大きく伸びをした。

「健司。赤んぼうの口に入りそうな小さいスーパーボール全部除去しろ」

「はあ？　なんでいきなり命令形？」

ぶつぶつ言いながらも、健司と俺とみひろは、子どもたちに混じって、ビニールプールの周りに並んでしゃがみ、お椀を使って小さなスーパーボールをすくい続けた。

「なんか昔、こういうことあったよなぁ」

健司がすくったボールをバケツの中に入れながら言った。

「思い出した。裕太と健司が小学校の池に、ちぎったプリント投げ捨てて。国語の朗読の宿題やりたくないからって。あたし、そばにいただけなのに先生に共犯扱いにされて」言ったあとに、みひろが口をとがらせた。

「おまえって、昔から超どんくさいもんなー」

健司がそう言うと、みひろが怖い顔をして健司をひじでつついた。

顔を上げると、夕陽に照らされて溶け出した雪のしずくが、軒下にぽたぽたと落下していた。風が強く吹くと、たくさんのしずくが窓ガラスに付着して、そのほとんどはくっついてまとまり、重さに耐えかねると水の筋になって流れていった。ほんの少しだけ窓ガラスに張りついたオレンジ色の水玉模様を見ながら、みんなあのときのままで、第二次性徴なんか一生来なければ良かったのに、と、俺はそんなことを考えていた。

兄貴が児童館にやってきたのは、こどもまつりが終わり、PTAと商店街のボランティアスタッフや、その子どもたちを前にした商店街組合の会長の話が始まったころだった。ホールの入り口に兄貴の姿が見えると、俺の横に立っていたみひろは、兄貴のそばに駆け寄り、何かを一生懸命伝えていた。体を傾けて、背の低いみひろの口もとに耳を寄せ、オーバーにしかめ面をしたり、時々笑顔を浮かべながら、右腕をみひろの体にまわした。その仕草を見ていたら、縁があってこの世で兄弟になったとはいえ、俺は死ぬまでこの兄貴のことが心から好きになれないような、そんな気がした。

会長に呼ばれて、兄貴のあいさつが始まった。PTAのお母さんたちが韓流スターを見つめるような熱い目で、舞台の上の兄貴を見上げた。

「僕たちはこの商店街で生まれて、この商店街の大人たちに育てていただきました」

またそれかよ。少しはアレンジしろよアレンジ、と思いながら、俺は下を向いて聞くともなしに兄貴の話に耳を傾けていた。

「僕にも子どもが生まれます。父親になります。その子のためにもこのおまつりをずっと続けていきたいと思っています」

下を向いて真っ赤になっているみひろを促して、順次おじさんが兄貴の立っている舞台の上に立たせた。おめでとー、どこかで誰かが叫んで、いつの間にかホールが拍手で包まれた。

「朝まで飲もうな」

健司がいつの間にか横に立っていて、俺の背中をバシッと勢いよく叩いた。その拍子に俺が手にしていたプラスチックのバケツがホールの床に落ちた。さっき、健司とみひろと必死にすくったカラフルなスーパーボールが、ホールにいるたくさんの人たちの足元をすり抜け、人やパイプ椅子にぶつかってバウンドを繰り返しながら、四方八方に散って行った。子どもたちがうわーっ、と言いながらしゃがみ込み、争うようにしてスーパーボールを拾い集めた。

おまえたちはチョコレートに群がる戦後の子どもか。俺は心の中で毒づいた。

「酒はほどほどにしろとあれだけ言っただろうが。忙しい日曜に休ませてやったのに」

耳元で社長がどなった。

「はい。ごめんなさい。もうのみません」と素直にあやまりながら、俺は胃のむかむかと頭の鈍痛に耐えきれず、机の上につっぷした。あほっ、と言いながら、俺の頭を社長がファイルではたいた。

その日は、昨日降った雪がガチガチに凍った上に、北風が音を立てて吹き抜け、最低気温を記録した。寒さのせいか、昼になっても日が暮れても、たいして客がこなかったので、早々と店を閉めてしまおうと、壁にかかった時計をにらんで待っていた。

午後八時きっかりに店の鍵(かぎ)をかけていると、長靴を履いたショウ君が重そうなコンビニの袋を抱えて、走って行くのが見えた。

「おい、どうしたショウ君」

すぐに小さな背中に追いついて、腕をつかんでそう言うと、「ママ、お熱」とだけ言って、俺の腕を振り払って走り出そうとした。

「ちょっと待て待てショウ君。何買ったんだ」と言いながら、袋の中をのぞくと、ポカリスエットの二リットルのペットボトルが入っていた。

「薬とかあるのか？」と聞くと、わかんない、と下を向いて言った。ショウ君の手をとって、閉店間際のドラッグストアに行き、風邪薬や体温計やアイスノンや、携帯用ゼリー飲料や、思いつくままの看病グッズを買ってマンションに向かった。

ドアを開けると、むっとした熱気に包まれた。廊下を抜けて台所に近づくと、ぐらぐらとお湯が煮立った鍋の中でレトルトのおかゆがゆらゆらと揺れていた。

「これ、ショウ君が作ったのか？」と聞くと、こくんとうなずいた。ガスの火を消して、ショウ君の目の高さにしゃがんで言った。

「目の前が消防署だから、火事になってもすぐに消防車が来てくれるけど、ガスの火をつけたまま家を出たら絶対にだめ。家もママも燃えちゃうから。な」

そう言うと、また、ショウ君がひどくまじめな顔でうなずいた。

眉間に皺を寄せ、真っ赤な顔で布団に横になっている小笠原さんの額に、濡らしてしぼったタオルを置こうとすると、冷蔵庫をごそごそと探っていたショウ君が冷たくて小さなものを俺に手渡した。アイスのパピコだった。

「ここに挟むの。大きな血管がここにあるから」

そう言ってショウ君はわきの下に手をはさみ、鳥が羽ばたくように腕を上下させた。

「……へっ、そうなんだ。ショウ君そんなことよく知ってるな」

「パパ、お医者さん。子どもの」ほんの少し自慢気な声でショウ君が言った。

「そっか。じゃさ。まず、ママのわきの下に体温計はさんで熱測ってくれるかな」

掛け布団を少しだけめくって体温計を手渡すと、ショウ君が小笠原さんのパジャマの裾から手を入れて、もぞもぞと手を動かし、なんとか体温計をはさんでくれた。気配に気づいた小笠原さんが少しだけ目を開け、はっ、とした顔で俺を見た。

「さっきショウ君を商店街で見かけて、ママが熱だって言うんで」

体温計がピピッと鳴った。三十九度八分。

「高いっすね。救急とかに行ったほうがいいのかも」

「……熱、いつも今頃出るの。会社の忙しい時期が終わると。一晩寝ればだいたい下がるからだいじょうぶ」

ガラガラ声で途切れ途切れに小笠原さんが言うと、布団のそばで正座していたショウ君のおなかがぐ――っと鳴った。ごめ――ん、と小笠原さんが腕を伸ばして、ショウ君のひざをなでた。

冷凍庫にあったチキンライスをチンして、フライパンいっぱいの半熟卵を載せた即席オムライスを二人分作った。俺が、卵の上にケチャップで「ショウ」と名前を書くと、ショウ君は乳歯の抜けた口でニコッと笑い、名前をくずさないように、そのまわりから少しずつていねいに食べはじめた。小笠原さんはほんの少しだけレトルトのおかゆを食べ、和室の襖を開けて、俺たち二人が食べるところを見ていたが、風邪薬が効いてきたのか、また、目を閉じて眠ってしまった。俺は立ち上がって襖を閉めた。

「これから困ったことがあったら、お兄ちゃんの店にまず来な。お兄ちゃんがいなかったら、コンビニの上のおばあちゃんの家。裕太の友だちだから電話して、って必ず言うんだよ。鬼ばばみたいな顔してるけど、ショウ君を頭からむしゃむしゃ食ったりしないから」

ショウ君は、声を出さずに俺の顔を見て笑い、椅子から降りて、チェストの中から小さなガラス瓶を取り出し、俺の前に置いた。大きさも色も違うスーパーボールがぎっしり詰まっていた。ショウ君は蓋(ふた)を開け、一個ずつ取り出した。

「これがいちばん好き」と小さな蛍光グリーンのスーパーボールを俺の手に載せてくれた。

こどもまつりの日、ホール一杯に散らばったスーパーボールや、兄貴の隣で真っ赤な顔をしてうつむいていたみひろの顔を思い出した。そっか、俺、年末にはおじさんになるんだな。なんだかひどく年をとったような気がして、いつまでもショウ君のスーパーボールをころころと手のひらで転がしていた。

俺が食器を洗っている間に、いつの間にかホットカーペットの上で眠ってしまったショウ君を、小笠原さんの布団の隣に敷いた小さな布団に寝かせた。ありがとう、と暗闇(くらやみ)の中で小笠原さんの声がした。

「食器だけ片付けたら帰ります。あ、あと、ショウ君に俺の携帯番号教えておいたんで、もし明日も何かあったら」

布団のそばでそう言う俺のほうに、白い腕が伸びて来た。

「少しだけ腕を貸してもらってもいいかな」

俺の腕に触れた小笠原さんの手のひらはまだかなり熱くて、俺の手のひらを自分の目の上に置き、その上に自分の手を重ねた。小笠原さんの体にこもった熱が、手のひらから伝わってきた。

「私の中の悪いものが全部、熱で燃えてくれればいいのになぁ」

手のひらの下からこぼれた涙が小笠原さんのこめかみのほうに流れていった。

「俺も熱出したい」俺の手のひらを上げて小笠原さんがこっちを見た。

「どうでもいい思い出とか、全部燃やしつくしたい」

俺がそう言うと、口の端だけを少し上げて小笠原さんが笑った。

「残しておいたほうがいいものもあるの」

小笠原さんは、うわごとのように言った。それだけ言うと、再び、とろとろとした眠りの世界に入っていった。

翌朝、あまりの寒さで目が覚めた。

小笠原さんの布団の横でいつの間にか眠ってしまっていたらしい。ふと横を見ると、小笠原さんとショウ君が少しだけ口を開けて、同じ寝顔で深く眠っていた。小笠原さんの額に手を当ててると、ひんやりとしていた。ためらいながらも、指の先で唇に触れると、小さな枯れ葉に触れているようなかさかさした感触が伝わってきた。

俺はいつか、子どものような顔で眠るこの人にも手痛い目にあうような、やっかいなことに巻き込まれるような、そんな予感がした。それでも、その渦の中に飛び込んでみたくなった。俺の頭上でまかれた種子は、関東ローム層のようにみひろとの思い出が積み重なった俺のココロの中で、固い殻を破り、小さな芽を出していたから。

カーテンを開けると、俺が子どものころ、正月に見たような雲ひとつない青い空が見えた。

二人に食べさせるための朝食をパン屋に買いに行こうと思った。帰りは、煙草屋の前を通ってまさこの写真を撮る。小笠原さんとショウ君に笑ってもらうために。

星影さやかな

その子が家に来た日のことを覚えてる。

二歳になったばかりのころ、大きなおなかをした母さんが突然いなくなった。僕は毎日泣き続けて、そのころ、まだ生きていたばあちゃんを困らせた。やっと家に帰って来たと思ったら、母さんは顔を真っ赤にして怪獣みたいな声で泣きわめく、やわらかくて小さな生きものを大事そうに抱っこしていたから、僕も負けないくらいの大きな声で泣いた。

その日から僕の名前は圭ちゃんじゃなくて、お兄ちゃんになった。

泣き虫で、食いしん坊で、いたずら好きなその子は、裕太と名前がつけられた。

どんどん成長していく弟との生活は、それまで穏やかに過ぎていった僕の生活を一変させた。あと、もう少しで完成しそうなジグソーパズルをぐじゃぐじゃにされたり、観察日記を書かなくちゃいけない朝顔の双葉をひとつ残らず抜かれたり、父さんのあぐらの中、というテレビを見るときの特等席を取られても、僕はただひたすらじっと耐えた。

なぜなら、僕はお兄ちゃんだから。

中学生になるまで、僕と裕太は同じ四畳半の部屋に寝ていた。毎日布団の上で運動会をしている、と母さんが嘆くほど、裕太の寝相はひどくて、僕はよく裕太のキックやパンチを受けて目を覚ました。なんだよっ、と怒りながら背中を叩いても、裕太は一度眠ってしまうと、どんなことがあっても目を覚まさなかった。僕は裕太と正反対で、一度目を覚ましてしまうとなかなか眠れなくて、そんなときは仕方なく窓を開けて、夜明け前の空を見た。

東京の空だから、星は数えるほどしか見えない。南西の空を見ると人工衛星がすーっと横切っていった。凄く明るく見えるときがあるのは、パネルが太陽を反射しているからだ、といつか父さんが教えてくれた。今にも消えそうなか弱い光を発する星よりも、ときおり強い光を放つ人工衛星を見つけたときのほうがうれしかった。けれど今、自分の部屋の窓を開けても、夜空どころか、空そのものが見えない。

二年前、僕が高校に入った年、僕の家が酒屋からコンビニになったころ、この商店街の組合会長である僕の父さんの発案で、アーケードが取り付けられたからだ。長引く不景気で売り上げも下がっていく一方の商店街で、父さんが出した苦肉の策だった。もちろん、アーケードができたからといって日々の売り上げが劇的に伸びるわけではなく、各商店に課せられた百万近い負担金への不満は、そのまま父さんへの不満にスライドしていった。

半年あまりにも及ぶ大規模な工事を経て、商店街はかまぼこ形のプラスチック板に覆(おお)われた。お客さんたちは雨の日でも安心して買い物ができるようになったけれど、僕がこの部屋から空を見てぼんやりする時間は永遠に奪われてしまった。

椅子(いす)から立ち上がって窓のそばに行き、午後三時という中途半端(はんぱ)な雰囲気に満ちた商店街を行き来する人たちを眺める。

高校三年になって授業は選択制になり、サッカー部の活動も試合の直前に後輩を指導するだけになったので、同じ高校に通う裕太よりも早く家に帰るようになった。夕方五時からの予備校の前に、予習をしておこうと机に座ったものの、受験生としての生活リズムに慣れなくて、この時間になると、しつこい眠けがやってくる。眠け覚ましに効果があるのかどうかわからないけれど、大量のインスタントコーヒーをお湯で溶いたものを、しかめっ面(つら)をして飲みながら、商店街を歩く人を見る。

子猫がじゃれるように、くっついては離れ、離れてはくっつきながら歩く低学年の小学生。口に手を当てて、あくどい表情でうわさ話をしている、松沢呉服店のおばちゃんと、セシボンというケーキ屋のおばちゃん。買い物キャリーに手をかけ、時速十メートルくらいで少しずつ前に進むおじいちゃん。いつもどおりのそんな人たちをぼんやりと見ていると、商店街の入り口にある煙草屋のほうから、みひろがうつむいて怖い顔をして歩いて来るのが見えた。頭の後ろでひとつに結んだ真っ黒い髪の束が、みひろが歩くたび、ひょこひょこ揺れる。

いつもにこにこと笑っているから、笑っていないときのみひろの顔は妙に怖い。だけど、その顔のほうが好きだ。

吉永精肉店のおばちゃんがみひろに声をかけた。商店街の子どもはあいさつが何より大事だと小さなころから教え込まれるから、みひろはお辞儀をしてから満面の笑みであいさつし、また、足早に歩きだした。おばちゃんに背を向けた途端、すぐにさっきみたいな怖い顔をして。

澤田書房の角から突然現れた裕太が、いきなりみひろの髪の毛をむんずとつかんだ。みひろは怖い顔のまま振り向き、裕太の胸のあたりをどんと右手の手のひらで叩いた。つかまれた拍子にゴムが外れたのか、肩まである髪の毛が広がり、みひろの顔を覆った。裕太が笑いながら、道にしゃがんでゴムを探している。みひろも裕太のそばにしゃがみ、二人の顔が近づく。みひろの髪の毛から漂うシャンプーのにおいを思い出してしまう。拾ったゴムを裕太がみひろに差し出す。受け取ろうとしたみひろの手が届かないところに、裕太が背伸びして腕を伸ばした。裕太はそのまま煙草屋のほうに駆けだして、みひろが追いかける。裕太が夕刊を配る新聞屋のバイクにぶつかりそうになって怒鳴られている。みひろが悪いわけではないのに裕太よりも多く頭を下げている。そのまま二人は駅のほうに駆けだして行った。

ちくん、と胸が痛む。なんでも言葉にして伝えないと。幸せが逃げてしまうよ。いつかマリアさんに言われたことを、僕は最近、何度も胸の中でくりかえしている。


その気持ちに気づいたのは中学三年になったばかりのことだった。

その頃、僕の家族にあるひとつの大きな事件が勃発(ぼっぱつ)していた。その事件のせいで、母さんは体調を崩し、和室の襖(ふすま)を閉じたまま、部屋から出てこない日が多くなった。

その日は、夕方になっても母さんが台所に立つ気配はなく、腹が減った腹が減った、と裕太が騒ぎ出したので、炊飯器にごはんをセットして、吉永精肉店にコロッケを買いに行った。僕よりも先にガラスケースの前に立っていたみひろがこっちを見た。

「圭ちゃんの家もコロッケなの?」

僕の顔を見上げて、中学に入ったばかりのみひろが恥ずかしそうに笑った。商店街の事情通である肉屋のおばちゃんが、僕らを可哀想に思ったのか、おまけだよ、と、普通のコロッケより五十円高い松阪牛コロッケを一個ずつ、わら半紙に包んで渡してくれた。

揚げたてだから先に食べちゃおうか。そう言うと、僕の返事を待たずに、みひろは児童公園に歩いて行った。スピーカーから夕焼けこやけのメロディーが流れる公園のすみに立ち、二人で揚げたての黄金色のコロッケをかじった。あつーい、松阪牛が入ってるとおいしいね、やっぱり違うんだね、などとみひろ一人だけがしゃべりながら。

「圭ちゃん、ここここ」

笑いながら、みひろが僕の口もとについていたコロッケの衣を指先で払った。みひろのひとさし指が触れた上唇のその場所だけが、かっと熱を持った。どうしていいかわからなくて、残りのコロッケを慌てて口に放り込み、じゃね、と公園を飛び出した。舌をひどく火傷していた。家について、口のまわりを乱暴にぬぐった手の甲を見ると、台所の薄暗い照明の下で、コロッケの油がてらてらと光っていた。

ひとつの大きな家族みたいに、仲良く暮らしていると思い込んでいたこの商店街の人たちにも、僕が知らないような「部分」がある。僕は成長するにつれ、そのことに気がつき始めた。誰かと誰かが浮気をしている。誰かと誰かがいがみ合っている。誰かが誰かに金を借りて返さない。大人たちの噂話から漏れ聞こえてくる断片的な言葉は、僕の中でひとつの出来事として自然に像を結ぶようになった。

そのなかでも、文房具屋である、みひろの家で起こった出来事は、商店街の人たちにも衝撃を与えた。みひろの母親は、夫と、中学に入ったばかりの娘を置いたまま、線路向こうにできたショッピングセンターで、実演販売をしていた男と暮らすために、家を飛び出してしまったのだ。

そのゴシップが商店街の人たちの話題にならない日はなかった。店先で、電話で、どこかの家の茶の間で、人々はその話題を語り合った。母さんも例外じゃなかった。本当にみひろちゃんが可哀想。同情している、というポーズで自分の身を守りながら、皆が皆、他人の家で起こった火事に油を注いでいた。

そんな母さんがふいに口をつぐむ日が来たのは、マリアさんという名前の女性と、父さんとの不倫が発覚した日だった。二年に一回くらい、父さんが水商売のお姉さんと起こす、単なる浮気事件であれば、母さんもあんなに長く寝こむことはなかったはずだ。ある日突然、父さんは、リビングの床に土下座をして、自分とマリアさんという女性との間に子どもが生まれた、と母さんと僕の前で告げた。裕太は晩ご飯を食べたあとに、ソファでぐっすり眠り込んでいた。母さんは慌てて僕の耳を塞いだけど、間に合わなかった。土下座する父さんに向かって、母さんが泣きながら言葉にならないことをわめき散らした。ソファの上の裕太が寝る姿勢を変えるたびに、母さんは声をひそめた。けれど、裕太が再び深く眠り始めたのを確認すると、また、次第に声は大きくなっていった。その日から、どこかに腹違いの子どもがいる、という事実は、母さんと僕の胸をずしりと重たくさせた。

店を閉めたあと、僕と裕太は子ども部屋に閉じこめられ、連日連夜、居間では大人たちの話し合いが進められた。僕は電気を消した真っ暗な廊下に座り込み、大人たちの声に耳をすませていた。父さんの弟である順次おじさんの怒鳴る声や、母さんのすすり泣く声は聞こえてきたけれど、なぜだか父さんの声は聞こえてこなかった。

「親父、また、女の人にもてたの？」

ふいに暗闇の奥から声がした。パジャマ姿の裕太が目をこすりながら、部屋から出てきた。しーっと、人さし指を口に当てた僕の隣に裕太が並んで座った。

「なんか、親父かっこいいな。もてもてで」

そう言う裕太の横顔を僕はじっと見た。そのとき僕の心に浮かんだのは、中学生にもなって、浮気、という言葉すらすぐに出てこないバカな弟、という軽蔑ではなく、同じ親から生まれた兄弟でも、起こった出来事への感じ方はこんなにも違うんだ、という新鮮な驚きだった。

兄弟なのに、僕と裕太はずいぶん違う。顎(あご)が尖(とが)って二重まぶたの僕の顔は父さんに似ていて、やや丸顔で奥二重の裕太の顔は母さんに似ている。自分で言うのもなんだけど、目標を決めて、それに向かって計画的に少しずつ物事を進めていく僕と違って、裕太の行動はいつも突飛すぎて、まわりがびっくりする。高校受験の直前になって、やっぱり僕と同じ高校を受ける、と言い出したときも、僕や母さんや、担任の先生を驚かせた。絶対に無理だからやめろ、というまわりの声を無視して、ただ一人、裕太の味方になったのは父さんだった。受験までの三カ月間、父さんがどこからか見つけてきた家庭教師による猛特訓によって、裕太は僕と同じ高校に合格してしまったのだった。なぜそんなに勉強してまで同じ高校に入ろうとしたのか、僕はそのときまだ深く考えたことはなかった。

僕と裕太とみひろの通う高校は、家から歩いて十五分、幹線道路沿いにある。このあたりでは、二番目に頭のいい学校で、僕は合格するために、中学に入学したときから定期テストの点数を落とさずに内申点を計算し、さらに内申書対策として、漢字検定や英語検定も受けたのだった。もちろん、高校に入ってからも、そのペースを落とさず、推薦入試枠で大学受験をするために日々勉強を続けていた。一方の裕太と言えば、この前の中間試験でさっそく赤点を連発し、それ以外にも、遅刻が多い、授業をさぼる、などの理由で、一学期早々から母さんが呼び出されていた。

洗面所から、裕太が使うドライヤーの音が延々と聞こえてくる。母さんに、行ってきます、と告げて玄関を出ようとすると、兄ちゃん、ちょ、ちょっと待って、俺もいっしょに行くから、と、スニーカーをだらしなくつっかけた裕太が僕を追いかけてきた。恥ずかしげもなく僕の隣を歩く。

店先を掃除していた煙草屋のおばちゃんが、あら、今日も仲のいいハンサム兄弟だね、と腰を屈めたまま、僕らをまぶしそうに見上げた。裕太はいつものように店先の猫にちょっかいを出して、また、僕の隣に並ぶ。裕太の態度は、いつも、どんなときも、家族にも他人にも、そして動物にも、大きな差はなくて、僕はそんなところがうらやましく感じることがある。そして、実際のところ、家族にも、他人にも、動物にも、僕よりも裕太のほうが愛されているような気がするのだ。

「おーい」と大きな声を出しながら、突然、裕太が走り出した。

裕太が前を歩いていたみひろの結んだ髪の毛を引っ張った。みひろが裕太の背中を叩いた。みひろが振り返って僕の顔を見る。僕の顔を見て恥ずかしそうに笑う。その顔を見て、僕はみひろが好きだと思う。だけど、僕は気づいてる。裕太は僕と同じ高校に行こうとしたわけじゃない、ということに。もし、みひろも裕太を好きだったら。誰からも愛されてしまう裕太だから、その可能性はゼロじゃない。だけど、僕は心に決めていることがある。僕は今日、みひろに好きだと伝える。

父さんの突然の告白から、家の中は途端にぎくしゃくし始めた。

塾から帰ると、台所では、かたい表情をした母さんが食器棚に茶碗や皿をしまっていた。背の低い母さんが腕を伸ばしても、食器棚のいちばん上の段には届かないので、僕が皿を受け取り、その場所にしまった。父さんが台所に顔を出し、僕に「勉強がんばれよ」と声をかけた。あ、うん、と返事をすると、父さんは背中を丸めて玄関のほうに歩いて行った。しばらくすると、玄関のドアを閉める音がした。母さんは長いため息をつき、流しの前に立って、洗い桶の中につけてあった布巾を、水を勢いよく流しながら、じゃぶじゃぶと洗い始めた。

子どものころは、やたらにかっこよく見えた父さんが、なんだかひどくかっこわるく見え始めたのは、僕の身長が父さんを越しはじめた、このころかもしれない。商店街の組合会長で、地域の子ども会の会長で、ボーイスカウトの活動のほかにも、ＰＴ

Aの会長まで兼任していた父さんは、沢口薬局のおばちゃんが言うように、トニー・レオンという俳優に少しだけ似ていたし、弁もたつし、目立つ存在だった。とはいえ、店のことはそっちのけで、面倒くさいことはすべて母さんに任せていたのだけれど。

小さなころは、この町のはずれに一軒だけあった銭湯に連れて行ってもらうのが楽しみだった。風呂上がりには、僕は瓶のコーヒー牛乳を、裕太はフルーツ牛乳を飲ませてもらって、帰りは裕太と交互に肩車をしてもらった。その頃の商店街にはまだアーケードはなく、ぽっかりと開いた夜空が見えた。父さんが歩くたび、空がほんの少しだけ近くなったり、遠くなったりした。あのころの僕の生活のすべては小さな王国みたいな商店街のなかにあって、やたらに活動的だった父さんはこの商店街の王みたいなもので、そこを肩車で練り歩く僕と裕太は王子みたいなものだった。ねぇぇ交代してよぅ、と裕太が僕の足首をつかんで引っ張った。まだ、たいして歩いていないのに。それでも父さんは僕を下ろし、小さくてわがままな裕太を肩に載せた。父さんは荷物を僕に持たせ、せーの、と言いながら、人通りの少なくなった商店街を駆けだした。ひっそりとした商店街に響く、きゃ――という裕太の声と、父さんの広い背中を僕は追いかけた。濡れて重たくなった三人分のタオルが入ったビニール袋を手に持って。

事件が起こるまでは、父さんも母さんもそんなに仲は悪くなかったんじゃないかと思う。

けれど、当然のことだけれども、あの日以来、父さんと母さんは互いに口をきかなくなった。元々きれい好きで料理好き、かなり几帳面な性格の母さんなのに、子どもが帰ってきても夕食ができていなかったり、夜になっても洗濯物が干しっぱなしになっていたり、浴室の隅に発生した黒々としたカビが放置されたりするようになった。

真夜中、居間から聞こえてくる父さんと母さんのひそひそ声は、密室に突然現れた一匹の蚊のように、いつまでも耳にまとわりついて、僕の眠りをさまたげた。母さんはみるみるうちに痩せていき、いつも憂鬱そうな顔をして、あまり笑わなくなった。

もし、父さんがそのマリアさんとの間に生まれた子どもと暮らす、と言い出したら、僕の家はこれからどうなるのか。みひろの家みたいに、母さんが僕らを置いて家を出ていってしまったら。そんなことを想像し始めると、登り始めたはしごを下からぐらぐらと乱暴に揺らされているような、とてつもない不安にかられた。

それでも、一番つらいのは母さんなのだから、なるべく負担をかけずにおとなしく過ごすのがいいのだろう、と思っていた僕とは裏腹に、そのころの裕太は次々と商店街で問題を起こした。商店街でサッカーをして、ケーキ屋のショーケースを壊したり、掲示板に雑誌のエロ写真を貼ったりした。そのたびに、父さんと母さんが頭を下げに行った。裕太を叱り飛ばしながらも、並んで頭を下げに行く両親は、あの出来事が起こる前の両親の姿で、二人並んだ背中を見ると、なんだか僕もほっとしたのだった。

数カ月和室に閉じこもる日々を経て、母さんは少しずつ元気になっていった。同情なのか、ただおもしろがっているのか、事の次第を根掘り葉掘り聞きたがる商店街のおばちゃんたちと、父さんの悪口を言い合うようになった。時おり聞こえてくる、いんらんおんな、という言葉は、どうやら父さんの愛人のマリアさんのことを指しているようだった。以前のような体重と体型に戻っていくにつれ、僕と裕太の前でも、母さんはその言葉を使った。テレビで妙に色気のある女優さんが出てくると、母さんは眉間に皺を寄せて、憎々しげにその言葉を吐くのだった。

ある日、夕食後の居間で、僕と裕太と母さんで、テレビのバラエティ番組をぼんやりと見ていたときだった。ある男性タレントが愛人の女優との間に生まれた子どもを認知するとかしないとか、その頃ワイドショーをにぎわせていた話題を、出演者たちがおもしろおかしく語っていた。テレビのリモコンを握りしめていた裕太に、チャンネルを変えろ、と目配せしようとしたのだけれど、裕太はテレビの方を向いて、母さんが剝いた林檎をしゃくしゃくと囓るばかりで、まったく気づかない。愛人女優の写真が大写しになった。

「おっぱいでっかいなー。この人、なんか好き！」

裕太がでかい声で言った。ダイニングテーブルの下で裕太の足を蹴ると、なんだよいきなりっ、と裕太が僕の足を蹴り返し、僕もさらにやり返したので、テーブルががたがたと揺れた。もうっ、いい加減にして。母さんが大きな声を出したので、裕太と僕は思わず母さんの顔を見た。

「こんな、いんらんおんな」

母さんは吐き捨てるようにそう言って、居間から出て行き、和室の襖をぴしゃりと閉めた。皿の上には内側が茶色く変色した林檎の皮が、ぐるぐると渦を巻いていた。

「いんらんおんなってどんな人なのかなー。会ってみたいなー」

裕太はそんな母さんの様子を気にも留めず、ぐふ、と笑いながらつぶやいた。馬鹿っ。そう言いながら、僕は林檎の皮を裕太の顔に投げつけた。その後、僕と裕太は床を転がってとっくみあいの喧嘩をしたのだけれど、それでも和室から母さんが出てくることはなかった。


商店街主催のこどもまつりは、その年の夏に始まった。

父さんが発案・企画し、商店街の若い人たちを集めて始められた。運営の手伝いに商店街の子どもたちもかり出された。みひろちゃんが、商店街の子どもたちのなかで一番しっかりしてるから。そう言って、父さんはみひろを子どもお手伝いチームのリーダーに指名した。

うちの子どもたちが迷惑ばっかかけてるからさ。罪ほろぼしと恩返ししなくちゃな。

笑いながら父さんはそう言ったけれど、その迷惑をかけている張本人である裕太は、手伝いから逃げ回ってばかりいて、夏期講習の中休みに僕がかり出された。父さんと東京の下町にあるおもちゃ問屋に行き、おまつりに使うスーパーボールや、それをすくう網や、花火やくじ、駄菓子なんかの仕入れにみひろとともにつき合わされた。

あの出来事からもう三カ月がたっていた。相変わらず家の中では、父さんと母さんの冷戦状態が続いていた。

僕と父さんとみひろは、私鉄とJRを乗り継いで、その駅に降り立った。父さんは家の中でもすっかり口数が減ってしまったし、僕も妙に意識してしまって以前のように父さんに話しかけられなくなった。それでも、その日はみひろが間に入ることで、自然に話をすることができた。

「どう行ったらいいんだ」

真夏の太陽が照りつけるアスファルトの道路の上で、父さんが折り畳んだ地図を広げた。地図どおりに歩き出したものの、下町の裏通りは迷路のようになっていて、なかなか店に辿り着くことができない。

「交番を通りすぎたから、ここを右じゃないですか？」

みひろが地図をのぞきこみながら言った。

「違う違う。それじゃ行き過ぎちゃうよ。もう一本手前。ほら」

僕が地図を指差しながら五分ほど歩くと、すぐに店のでかい看板が見えてきた。

みひろが「さすが圭ちゃん」と僕の顔を見上げながら言い、父さんが「なんでおまえだけ頭の出来が違うんだろな。誰に似たんだろ」と真剣な顔で言った。

「地図どおりに来ただけでしょ。頭の良さとか関係ないし」

そう言いながら、僕は、父さんとマリアさんとの間に生まれた子どものことを考えていた。その子が本当に血のつながりのあるきょうだいだとしたら、僕と裕太のどちらに似ているのだろう、と。

地図を見ながらなんとかたどり着いたおもちゃ問屋の店内は薄暗く、ほこりっぽかった。天井に届きそうな棚が何列も並び、大量のスーパーボールやキューピー人形がぎっしり詰め込まれたビニール袋や、カラフルな駄菓子の箱が積まれている。父さんと僕とみひろは、父さんの手書きのメモを見ながら、宝探しをするように商品を見つけ、カートに入れていった。

父さんが支払いをし、買ったものを段ボールに詰めて、宅配便の伝票を書く間、僕とみひろはもう一度、店の中をゆっくりと歩いた。卸だけでなく、小売りもしているらしく、僕が子どものころ、母さんの田舎の駄菓子屋で見たような、あんず棒や色セロファンで包まれたラムネやベーゴマが集まった一画があった。

「おもしろいねー、このお店」

商品をひとつひとつ興味深げに手に取りながら、みひろが笑った。みひろが笑った顔を久しぶりに見たような気がした。僕はそれがうれしくて、そばの棚にぶら下がっていた髭（ひげ）のついた眼鏡を顔に当てた。やめてー、と言いながら、みひろが吹き出したので、僕もつられて笑った。

「圭ちゃんが笑っているの久しぶりに見た」

それはこっちのせりふだよ、と言いたかったけれど、みひろがいつまでも笑っているので、僕は眼鏡を当てたまま、みひろのそばでおどけ続けた。

「大事な用事をひとつ思い出したから。悪いけど先、帰っててくれないか」

おもちゃ問屋のそばにあった中華料理屋で中華そばを食べ終え、再び電車を乗り継いで、最寄り駅の改札を出ると、父さんは僕とみひろを残して、もう一度、改札口の向こうに足早に歩いて行った。買ったものはすべて宅配便で送ったはずだったのに、父さんはいつのまにか、さっきのおもちゃ問屋の紙袋を下げていた。圭ちゃん。すぐに人ごみに紛れてしまった父さんの背中を見つめ続ける僕の腕をみひろがつついた。僕は返事をしないで、あわてて切符を買った。みひろも切符を買って、僕とともに改札口を通過した。


平日のお昼過ぎの各駅停車は、思った以上に空いていた。僕とみひろは父さんが乗り込んだ電車の隣の隣の車両に乗り込み、入り口に立っている父さんを盗み見た。

「なんでついて来たの？」隣に座るみひろに言うと、

「肉屋のおばちゃんが言ってたよ。この沿線にいるんでしょ。おじさんの、その……」


そう言いながら、黙っている僕の顔の前で手のひらを開いた。みひろがさっきの問屋で、自分のおこづかいで買ったフィリックスガムがひとつ載っていた。僕は黒猫の描かれた包み紙をむしり取り、ストロベリー味のガムを奥歯で嚙んだ。

「圭ちゃん一人じゃ心配だから……」

うつむいてそう言いながら、みひろは手にしたガムの小さな包み紙を、半分に、さらに半分に折り畳んだ。

父さんは各駅で三つめの駅で降り、商店の続く大通りを歩き出した。ファミレスの角を曲がって横断歩道を渡ると、中学校に続く道を歩いていく。この中学校には、サッカー部の試合で何度か来たことがあるので、このあたりの町並みは僕にも見覚えがあった。自転車屋の角を曲がると、途端に人通りが少なくなる。十分に距離をとって、僕とみひろは父さんのあとをつけた。刑事さんみたいだね。電信柱に隠れながら、みひろが僕の背中に向かって言った。

父さんがたどり着いたのは、バス停のそばにある赤褐色の塗り壁の小さな家だった。小窓のついた木のドアを開けて、中に入っていく。ドアが閉まったのを見届けてから、みひろと二人、遠くからゆっくり近づいてみた。玄関ドアの左右に小さな窓があって、その下半分は磨りガラスになっている。窓枠は鮮やかな水色に塗られ、壁の色とのコントラストが鮮やかだった。腰を屈めて、ゆっくりドアに近づいた。ドアには小さく、coyote cafe と書かれていて、その横に小さなサボテンの絵が添えられていた。

僕らは道を渡り、斜めの方向から、そのドアが見える自動販売機の横に隠れた。夏の太陽はもうだいぶ傾いては来ていたけれど、日陰のない場所に立っていると、直射日光とアスファルトの熱気に当てられて、頭がぼんやりしてくるような気がした。

みひろも僕の横に立ち、何も言わずに暑さにじっと耐えている。自動販売機で缶のオレンジジュースを買って、みひろに渡した。ありがと、と言ってから、二口ほどのみ、みひろがそのまま僕にはい、と手渡した。商店街の子どもたちは、グループで遊ぶとき、小銭を持っている一人がジュースを買うと、こんなふうに回し飲みをした。だけど、それはほんの小さな子どものころのことだ。みひろはただ、そのルールを守っているだけなのだ。意識し過ぎている自分が恥ずかしかった。躊躇(ちゅうちょ)している僕に気づいたのか、あ、ごめん。汚いよね。と慌てて言いながらバッグからハンカチを出し、自分の唇が触れたところをごしごしとぬぐった。違う。と言いながら、僕はみひろの手からジュースの缶を取り、ごくごくと飲んだ。あ、あれ。みひろがささやいた。

みひろが指差すほうを、自動販売機の陰から見た。coyote cafe のドアが開いて、父さんが一人で出て来た。父さんが店の中に何か言ってからドアを閉め、さっき来た道を戻って行った。

薄暗い店の中から、背の高い女の人が一人出てきて、父さんを見送った。まぶしそうな顔をして、目の上に手のひらをかざし、空を見上げた。色が透けるように白くて、茶色いまっすぐな髪の毛が肩まで伸びていた。腰に小さなエプロンをつけている。

それよりも僕の目が引き寄せられたのは、虹色(にじいろ)のカラフルなタンクトップから見える、プリンスメロンみたいな大きな胸の谷間だった。マリアさんって外国の人なのかな、とふと思った。すごいきれいな人だねぇ。みひろが思わずつぶやいた。奥からマッシュルームカットの小さな子どもが出てきて、ショートパンツを穿(は)いたマリアさんの生脚に甘えたように腕を回した。マリアさんが左手だけで軽々とその子を抱き上げた。上腕部にうっすら筋肉が浮かび上がる。

前屈みになった勢いで、タンクトップの奥がここからも見えた。僕の目は自然にそこに引きつけられた。子どものほっぺに何度もキスを繰り返すマリアさんを見つめた。マリアさんの腕の中でくすぐったそうに身をよじる、その子どもをじっと見た。

「大人って」

しばらく黙ったままだったみひろが声を出した。

「結婚してるのに、どうしてほかの人を好きになるんだろう。好きだから結婚したんじゃないのかな」

小さな声でそう言うみひろが、泣きべそをかいているような気がして、僕はどうしても後ろを振り向くことができなかった。そのとき僕は、あの人が、母さんをつらい目にあわせている張本人なのに、なんとなくあの人のことを好きになった父さんの気持ちもわかるような気もしていた。今思えば、あの人を見た瞬間、僕はもうあの人に心のどこかを強くつかまれてしまったのだ。だけど、そのみひろの震えるような声を聞いていたら、そう思った自分が急に恥ずかしくなった。そして、自分の気持ちをしまい込んだ。心の奥にあるいつもの場所に。鍵(かぎ)付きの小さな箱の中に。

中学三年の夏休みはほとんど夏期講習で終わった。

塾の最後のテストで、行きたい都立高校もすべり止めの私立も、ほぼ合格ラインに達していたから、今のままの学力を落とさなければ、僕は予定どおり、希望する学校に合格することができる。それがわかって、ほんの少しだけ気が楽になった。

父さんと母さんの冷戦状態は相変わらずだったけれど、そのころ、家ではもうひとつの問題が持ち上がっていた。年をとったら今みたいに商売は続けられないのだから、早いうちに酒屋をつぶして、コンビニエンスストアのオーナーになったほうがいいと、母さんが言いだしたのだ。母さんと、母さんの意見に同意した順次おじさんと、代々の商売である酒屋を続けたほうがいいという父さんの意見は静かに対立していた。

とはいえ、今の状態で、父さんが自分の意見を通すには分が悪すぎた。

僕も裕太も大学に行って会社員になるし、酒屋を継ぐ気はないんだから、このタイミングでコンビニにしたほうがいいんだ、と、母さんは自分の意見を強く主張した。

そんなふうに自分の意見を曲げることのない母さんを初めて見た。母さんが意地になっているのは、子どもの僕から見ても明らかだった。

会社員になるとか、酒屋を継ぐ気はないとか、そんなことを僕も裕太も母さんに言ったことはなかったけれど、この数カ月の間、家の中で起こったことを考えると、誰もが母さんのやりたいようにさせるのが一番いいような気がしてしまうのだった。多分、それは順次おじさんも同じで、自分の兄がしでかしたことの罪ほろぼしの意味で、母さんに同意しているように見えた。

一年後のコンビニの開店がバタバタと決まり、今の店とその上にある住居をつぶし、一階は店舗、二階は住居、三階は賃貸、というビルを作ることになった。急に元気になった母さんによって、店舗と住居の大改造計画は着々と進められていった。そして、父さんが発案し、長い間、暗礁に乗り上げていた商店街にアーケードを造る計画も、最後まで反対していた花屋のおばちゃんが首を縦に振ったことで、この時期にばたばたと工事がスタートした。

「この忙しい時期にそんなことしなくてもいいのに、わざわざ」

憎まれ口をきく母さんを無視して、八月最後の日曜日、こどもまつりが児童館で行われた。商店街の子どもたちには、それぞれ役割が振り当てられ、父さんの指揮のもと、皆、その役割をこなしていた。金魚すくいの係を担当していた僕と裕太は、ビニールプールの前で子どもたちにすくい網を渡したり、すくった金魚を小さなビニール袋に入れて渡したりしていた。マリアさんがやってきたのは、こどもまつりが終わる直前のことだった。

赤い浴衣を着た子どもの手をひいて、フロアの中を駆け回る子どもたちの間を、ゆっくり歩いてくる。髪の毛を小さくまとめていたので、白い首すじが浮き上がるように目立ち、ノースリーブのひざ丈のワンピースは、体のラインをはっきり際だたせていた。顔を見られたわけではないから隠れる必要もないのだけれど、胸の鼓動が早くなって、うつむいてしまった。帯を揺らして、マリアさんの子どもが（僕のきょうだいかもしれないあの子が）ビニールプールに駆け寄ってきた。小さな両手をプールの縁にかけて、プールの中をのぞきこんでいる。

「やってみる？」

何も知らない裕太がすくい網をその子に渡した。しばらく手にしたすくい網を見つめたあとに、隣の子を真似してはみたものの、勢いよく水の中につっこんだので、すぐに穴が空いた。

「いっしょにやろっか」

　裕太が立ち上がってその子の後ろに座りこみ、新しいすくい網をいっしょに持って、二人羽織のように金魚すくいを始めた。裕太は瞬く間に三匹の金魚をすくい上げ、左手に持っていた小さな金属のボウルに入れた。

「初めてにしては上手だなー」

　裕太がその子の顔を見て言うと、その子が声をあげて笑った。もっかい、もっかい、とその子がせがむたび、裕太は金魚をすくい上げ、ボウルの中はあっという間に金魚でいっぱいになった。

「三匹だけもらうね」

　マリアさんは裕太にそう言うと、黒二匹と赤一匹、三匹の金魚を入れたビニール袋を右手に下げ、ありがとね。裕太にそう言いながら、この前みたいに軽々と左手だけで子どもを抱え上げた。

「そっくりだね」

　プールから離れていくときにマリアさんが僕の顔を見て、笑いながらそう言った。言われた瞬間に鼓動がまた早くなった。父さんと僕が？　その子と僕らが？　裕太と僕が？　僕の頭の中はひどく混乱した。

「兄ちゃんの知り合いか？」

裕太がうつむいている僕の顔と、プールから離れていくマリアさんと子どもを交互に見て言った。僕が首を横に振ると、きれいな人だなぁ。この前のみひろみたいな声で裕太が言った。おっぱい、でっかいなぁ。しみじみと裕太がそう言った。

こどもまつりの打ち上げは、児童館のホールで行われた。

焼き鳥やコロッケやケーキやお菓子、フルーツやジュースやビール、商店街組合から差し入れられたさまざまな物を車座になってみんなで食べた。父さんのそばに僕と裕太は座っていたのだけれど、裕太は食べたいものだけをさっさと口に詰め込むと、友だちのあとを追いかけてどこかに行ってしまった。みひろは舞台の下で同級生の女友だちと、笑いながら話し込んでいる。みんなの笑い声や話し声がひとつのエコーみたいになって、ホールに充満していた。

父さんはビールを飲みながら、そんな様子をただ穏やかに、にこにこと見つめていた。久しぶりに父さんのそんな顔を見た。僕が父さんをかっこ悪いと思う前、僕がいちばん好きだった父さんの顔だ。

順番に誰かが父さんのそばに来てビールをつぎ、しばらく話をすると、またどこかに行ってしまった。それが何度か繰り返され、やがて誰もいなくなると、何も話さないまま、父さんと並んで座っているのがひどく居心地が悪かった。マリアさんがこどもまつりに来たこと、マリアさんに言われたことが頭の中をぐるぐる駆け回っていた。

「すまなかったな」

前を向いたまま、父さんが言った。マリアさんのことかと思った。

「受験で忙しいのに、手伝わせて悪かったな」

僕は缶ジュースに口をつけたまま黙っていた。

「……こういうのがいいな。みんなが楽しそうなのがさ」

そう言いながら、父さんはビールを飲み干した。勝手なこと言うな。僕は心の中でつぶやいた。

「店はいいからさ、これ……、このまつり」

きゃーという声を上げながら、幼稚園くらいの小さな子どもの集団が父さんのうしろを通り過ぎていった。

「おまえが大人になっても続けてくれよな」

「やだ」

考える間もなく、僕は答えを口にしていた。手にしていたジュースの空き缶をぎゅっと握ると、べこん、と奇妙な音がした。

「……そっか、圭祐はいやか。じゃあ、裕太にでも頼むか。あいつじゃずいぶん頼りないけど」

しばらく黙っていたあとに父さんは笑いながらそう言って、紙皿の上に散らばっていた柿（かき）の種を口の中に放り込んだ。

「僕、勉強あるから先に帰るよ」

父さんの顔を見ないで立ち上がり、僕は児童館のホールをあとにした。そのまままっすぐ、家に帰る気持ちにはなれなくて、僕は児童公園の水銀灯の下にあるベンチに座っていた。

マリアさんのことを考えていた。

誰にも絶対に言えないことだけれど、あの日、みひろとともにマリアさんを見たときから、僕の夢の中には何度もマリアさんが登場していた。太陽の光を浴びてつややかに光る丸い肩や、白い胸の谷間や、子どもの頬に触れる厚みのある唇を思い浮かべ、妄想のなかで僕はいろいろなことをした。みひろが好きなのに、そんなことをしている自分のことを汚らしく感じた。

今日、こどもまつりでマリアさんが僕の顔を見たとき、そんなみだらな想像を見透かされているんじゃないかと思って僕はどぎまぎしたのだ。時には、マリアさんの胸に顔を埋めたことがあるだろう父さんにさえ僕は嫉妬した。そんなことを思う自分が大嫌いだった。

水銀灯に集まった蛾が、ほこりのような鱗粉を空中に散らしながら、灯りにぶつかったり離れたりした。あの蛾のように、抵抗をしても僕の体や気持ちはマリアさんに吸い寄せられていた。いけないことだ、と思えば思うほど。自転車で通う塾の帰り、僕は遠回りして何度か coyote cafe の前まで行ったこともある。この前、みひろと隠れた自動販売機の陰に身を潜め、ドアの横の小さな窓から漏れるオレンジ色の灯りを見つめた。一体、僕は何をしているんだろう、と思いながら、その灯りを見た。偶然にドアが開いて、マリアさんが出てきてくれればいいと願った。けれど、その願いは一度も叶うことがなかった。

敷地のまわりは粉塵が飛ばないように白いビニールシートで囲まれていた。ホースで水をかけながら、黄色いパワーショベルが代々続いていた酒屋の店舗と、僕ら家族が住んでいた家を破壊していった。自分が育った家に特別思い入れがあったわけじゃないけれど、今まで見たことのない柱や梁がむき出しになっている家の断面が、冬の日差しにさらされているのは、なんだか見てはいけないものを見ているような気になった。

年が明け、僕の高校受験が終わったあとに、店と住居を新しくするために、僕らの家族はすぐ近くのマンションで仮住まいを始めていた。解体工事が始まったのは、その一週間後のことだった。隣のマンションの管理人さんに頼んで、外廊下に入らせてもらい、僕と裕太と母さんは、その様子をじっと眺めていた。主な家財道具や大事なものは、すでに仮住まいに運んでいて、もうそこにはないのに、破壊されていく家のどこかに忘れ物があるような気がした。裕太も今日はふざけず、しゃべらず、ただ、その様子をじっと見つめていた。

「本当にこうして良かったのかねぇ」と、母さんはハンカチで目頭のあたりをぬぐった。ほこりが目に入ったのか、それとも泣いているのか、僕にはわからなかった。

父さんはその日、朝から僕たちの前に姿をあらわさなかった。

日が暮れてもマンションには戻ってこなかった。こんな日ぐらい家にいればいいじゃない。とぷりぷり怒っていた母さんも夜の十一時を過ぎたころから、何かあったらどうしよう、順次おじさんに連絡したほうがいいんじゃないか、と心配しだした。夜の十二時を過ぎると、やっぱり私がコンビニにしたいなんて言うから、お父さんを追いつめたんじゃないかしら。行方不明になったらどうしよう。そう言いながら、めそめそと泣き出した。裕太は父さんの分の寿司(すし)の出前をぺろっと食べ、すでに子ども部屋でいびきをかいて眠っていた。

「僕がそのへんをぐるっと見てくるから。駅前の居酒屋かどこかで酔っぱらってるんだよ。見つかったらすぐに連絡するから」そう言って家を出た。

自転車に乗って、僕はまっすぐ coyote cafe に向かった。あの日以来、何度も足を運んだ店の中に入れる口実ができたことを、僕の心のどこかが小さく喜んでいた。

coyote cafe のドアには close というプレートがかけられていたけれど、窓からはオレンジ色の灯りが漏れていた。木のドアをノックした。しばらく待っても何の反応もないので、もう一度ドアを叩(たた)くと窓に影が近づいて、磨りガラスではない窓の上半分からマリアさんがこちらを見た。僕が頭を下げると、影がゆっくり遠ざかっていき、木のドアがゆっくり開いた。

「父を迎えに来ました」

僕がそう言うと、マリアさんは少しだけ困ったような顔で微笑(ほほえ)み、僕を店の中に招き入れた。マリアさんから、かすかにお酒のにおいがした。

初めて入る店の中は、僕が思った以上に広く、あちらこちらの飾り棚に蠟燭(ろうそく)の明かりが揺らめいていた。僕の家のようにただ明るいだけの蛍光灯は一切なく、その暗さに目が慣れるまでに時間がかかった。カウンターの前には木のスツールが並べられ、テーブルの席が四つほど、奥には大きなソファの席もあった。飾り棚には、流木や貝殻、何かの骨のようなもの、色とりどりの鉱物が並べられていた。無造作に並べられているようでいて、絶対にその場所でなくてはならない、というこだわりがあるのだろう、という気がした。マリアさんは僕をスツールに座らせ、自分はカウンターの向こう側に立った。

「おなか空いてる？」

僕が首をふると、じゃあ、あたたかいものでもいれようか、と注ぎ口の細長い赤いケトルを火にかけた。この前、こどもまつりで見たときよりも、マリアさんの髪の毛がずいぶん短くなっていた。耳には小さな石のピアスが光っている。見てはいけない、と思いながら、僕の視線はマリアさんの体をさまよった。鎖骨、首筋、唇、指先。蠟燭のやわらかな灯りは、なんて女の人をきれいに照らすのだろう、と僕は思った。

「お父さんは上で寝ているよ。沙羅子といっしょに」

僕のほうを向いてマリアさんが言った。さらこちゃん。僕は心の中でその名前を何度かつぶやいた。そういう名前だったんだ。

「たくさんお酒を飲んじゃって」

マリアさんの言葉には時々、どこかの方言のような不思議なイントネーションが混じった。こうして近くで見ると、やはり、どこか日本人離れした顔立ちをしていた。外、寒かったでしょう。これ飲んで。そう言いながら、マシュマロが浮いた温かなココアを出してくれた。

「この前、おまつり楽しかったよ。いっしょに遊んでくれたでしょう。弟。ゆう……」

マリアさんは、ひとさし指を唇に当て、考えるような仕草をした。

「裕太……」

僕が答えると、そう裕太。あなたはお兄ちゃんの圭ちゃん。そう言って顔をくしゃくしゃにして笑った。そばにあったワインの瓶を手に取り、マリアさんは手元のグラスについだ。とくとくとく、と気持ちのいい音がした。

「お父さんと圭ちゃんはとてもよく似てるね。顔が」

そう言いながら、グラスに口をつけ、ワインを一口飲むと、眉間に皺を寄せて渋い顔をした。

煙草(たばこ)の赤い箱を僕に見せて、「いい?」とマリアさんが聞いた。僕がうなずくと、煙草に火をつけた。指先に塗られたマニキュアがつやつやと光っていた。僕がココアを一口飲むと、どこからか泣き声が聞こえたような気がした。少し待っててね。そう言うと、マリアさんは煙草をぎゅっと灰皿に押しつけ、店のいちばん奥にある階段を登っていった。しばらくすると、水色の象がプリントされたパジャマを着た沙羅子ちゃんを抱っこして降りてきた。沙羅子ちゃんはコアラの子どものようにマリアさんの体に張りついている。

「また怖い夢を見たのね」

マリアさんが沙羅子ちゃんの背中をとんとんとやさしく叩きながら、立ったまま体を揺らした。寝ぼけまなこの沙羅子ちゃんは左手の親指を口に入れて吸い続けていた。その姿を見て急に思い出したことがあった。

「裕太も。……弟の裕太も小さいころ、そうやって寝てました」

僕がそう言うと、なぜだかマリアさんは僕の顔をしばらく見つめ、ゆっくりと口を開いた。

「……勘違いしているかもしれないけど。きょうだいじゃないのよ。お父さんも最初、そう思っていたみたいだけど」

マリアさんが沙羅子ちゃんの髪の毛を撫でた。

「沙羅子を妊娠する前、私ね、たくさんの男の人とつきあっていたの。不品行だから」

「ふ、ひんこう？」

「いんらんおんな、ってことよ」

そう言って、マリアさんは声を出して楽しそうに笑った。その言葉を、誰かがマリアさんに投げかけたことがあるのかもしれない、とふと思った。

「いんらんじゃない女なんていないんだけどね」

ま、それはいいか。マリアさんが肩をすくめた。

「お父さんの子どもじゃないことは確かよ」

再び深く眠ってしまった沙羅子ちゃんを、マリアさんは店の奥にあるソファにそっと寝かせ、赤い格子(こうし)柄(がら)のブランケットをかけた。カウンターの向こう側には戻らず、僕の隣のスツールに腰をかけた。

「お店、やめるの。田舎に帰るから」

僕の顔と反対のほうを向いて、マリアさんが唇をすぼめ、煙草の煙を吐き出した。

「……田舎ってどこなんですか？」

僕はマリアさんの白いのどを見ながら言った。「すっごく遠いところよ」

そう言ってカウンターの向こうに腕を伸ばし、さっきのグラスとワインのボトルを近くに置いた。ワインをほんの少しだけグラスについで一気にあおった。

「お父さんが来られないような遠い遠いところ。だからもう安心してね。いんらんおんなはいなくなるの。もう誰も不安にしたりしないのよ。楽しい噂話ももうおしまい」

マリアさんが体を動かすたび花のような香りがして、胸がしめつけられるような気がした。

「お父さんもそんな顔をしていたよ。そういうところも似るんだね」

マリアさんがずっと口を閉ざしたままの僕の顔をのぞきこんで言った。

「誰にも遠慮はいらないの。なんでも言葉にして伝えないと。どんな小さなことでも。幸せが逃げてしまうよ」そう言って、マリアさんが男の人みたいに僕の後頭部を乱暴につかんでゆさゆさと揺すった。さびしいです。僕がやっとの思いでそう言うと、うん。と小さな声で言って、タクシーを呼ばなくちゃ、自転車はあとで取りに来てね、と立ち上がった。

その背中に僕は抱きついていた。僕の腕をゆっくりとふりほどいて、マリアさんが僕のほうに向き直り、僕の体をぎゅっと抱きしめた。マリアさんのほうが背が高かった。伝わってくるあたたかさとやわらかさに圧倒された。Vネックからのぞく、マリアさんの胸の谷間に顔を埋めた。そういうところも似るんだねぇ。マリアさんの優しい声が頭の上から聞こえた。

泥酔(でいすい)した父さんと、小さな失恋を経験した僕を乗せて、タクシーは商店街の入り口についた。

酒臭い息を吐きながら、ふらふらと足元のおぼつかない父さんの肩を抱き、誰もいない商店街を歩いた。見上げると、アーケードの設置工事のために、格子になった骨組みが取り付けられ、灰色のプラスチック板が中途半端(はんぱ)に夜空を塞(ふさ)いでいた。薄墨色の空には、星も人工衛星も見えなかった。自分が生まれて育った商店街が、なんだかひどく息苦しい場所に思えてきた。くだらないゴシップで時間をつぶす大人たちに、マリアさんをいんらんおんな、と蔑(さげす)んだ大人たちに、僕は腹を立てた。

そして、ほんの短い間だったけど、父さんと同じ人を好きになったことを、僕はまた胸の奥にある小さな箱にしまい込んだ。それは誰にも言えない僕の、一生の秘密になった。

「おまえの母さん、いんらんおんな」

僕が高校に入ってすぐ、みひろにひどい言葉を投げかけた健司やその友だちを、商店街の真ん中で順番に殴った。僕がそんなことをするのは生まれて初めてだったので、「なんであんたがそんなことをするの」と、母さんは僕のことを泣きながら叱った。商店街の人たちの噂話は、若い男と逃げ出したみひろの母さんのことから、おとなしくて優等生の圭ちゃんがなんであんなことをしたのか、にとって代わった。

殴ってしまった子の家に父さんと母さんと三人であやまりに行き、家に戻ってから「ごめんなさい」と父さんと母さんに頭を下げると、「よくやった」そう言いながら、父さんが僕の後頭部をつかんで揺すった。いつか、マリアさんがそうしたように。なんてこと言うの。母さんが父さんの背中をはたいた。そんな風に軽口がたたけるようになるほど、父さんと母さんの関係も、少しずつ修復されていった。

裕太は自分の友だちを僕が殴ったことで、ひどく腹を立て、しばらくの間、口をきいてくれなかった。いつもは一人じゃごはんが食べられない、と僕が部活で遅くなっても、夕食を食べずに待っていたのに、あの事件のあとは一人でさっさと夕食を食べ、すぐに自分の部屋に閉じこもっていた。ある日、僕が自分の部屋に行こうとすると、ドアの前で裕太が僕をにらんで言った。

「なんであんなことしたんだよ」

僕は黙ったまま自分の部屋に入ろうとした。

「なんでだよ」

裕太が僕の肩を小突いた。

「みひろがいじめられてるからに決まってんだろ」

はっ、と何かに気づいたような顔をして裕太が僕を見た。

「なんにも知らないガキは黙ってろ」

ほんの一瞬、怖いものを見るような目で僕を見た裕太をそのままにして、僕は自分の部屋のドアを力いっぱい閉めた。兄弟で同じ女の子を好きになってしまうことが、僕と裕太とみひろの人生にどんな影響を及ぼすのか、僕はそのときまだ何もわかっていなかった。

みひろを好き、という気持ちに気づいてから三年が経っていた。好きだ。今日、その思いを伝えるために、僕は校舎と校舎をつなぐ渡り廊下に立って、みひろが来るのを待っている。廊下の向こうから、少しうつむいたみひろが歩いてくる。そして、その渡り廊下に続く校舎の一番奥の教室から、メロンパンをくわえた裕太が出て来るのが見えたような気がした。早く、早く、言わなくちゃ。僕はそれを言わなくちゃ。誰にも遠慮はいらないの。幸せが逃げてしまうよ。マリアさんに言われたことを僕は心の中で繰り返していた。なまぬるい夏の風が渡り廊下を通り抜けていく。

僕はそれを言わなくちゃいけない。

たとえ、それが、僕の小さな弟を傷つけることになっても。

よるのふくらみ

職員室に戻ると、書棚の上に不思議なものがいくつも並べられていた。ペットボトルを横に半分に切ったものに、割り箸が刺してある。なんだろう、と思いながらのぞき込むと、浅い水の中に苔のような色をしたものが、もぞもぞと動くのが見えた。魚ではない。虫のようにも見えるけれど、これはいったい何だろう、と思っていると、園長先生の大きな声がした。

振り返ると、いつの間にか後ろに園長先生が立っていた。強めにかけたパーマにまんまるの顔、赤いエプロンをつけたおなかは脂肪で膨らみ、窓から差し込む夕日に頬が光っている。口の悪い先生たちから、陰でアンパンマン、と呼ばれている理由がわかったような気がした。

「せーんせ、それ、もらってくれないかなぁ。ヤゴ」

「えっ？　ヤゴって、あのトンボの幼虫の、ヤゴですか？」

「そうそう。うちの孫の小学校でね。ほら、もうすぐプール開きじゃない。掃除すると、プールの底にヤゴがいっぱいいるんだって。理科の授業でヤゴが羽化するまで観察させるらしいんだけど、ひとつの水槽に何匹も入れると共食いしちゃうらしいんだよねぇ。孫に飼えないか、って言われて、私の家にもういくつもこのペットボトルがあるのよ。その割り箸を上って羽化するんだって。ここの教室にもいくつか置いたけど、まだまだいっぱいあって……先生、もらってくれないかなぁ？」

「は、はぁ……」

「ヤゴのえさの冷凍アカムシもつけちゃうから！」

深夜の通販番組のように威勢良くそう言うと、園長は私の手にペットボトルをひとつ押しつけた。

「はぁ……」

生き物を飼うのは得意じゃない。観葉植物だってすぐ枯らす。だから、子どもも……と思いかけて、自分の思考にストップをかけた。そうだ。ショウ君にあげればいいか、と思い直して、渋々、園長先生からペットボトルを受け取った。

「……早川先生、もう、体だいじょうぶ？」

帰り支度を始めると、自分の机に座って作業を始めた園長が、手元の書類に視線を落としたまま聞いた。

「……はい。もう」

「この仕事だとよくあることだからね。……まぁ、頑張って」

そう言いながら、せんべいの小袋を開け、ぱりぱりと齧り始める。狭い職員室に、醤油の香りが瞬く間に広がり、書類に落ちたせんべいのかすを手で払った。頑張って、って、どういう意味なんだろう。

「一言多いんだよ。アンパンマンは」と先生たちから陰口を叩かれるように、この四月からこの保育園に転任してきた園長先生は、園の先生たちのプライベートにぐいぐいと首を突っ込んでくるタイプだ。当然、先生たちからの評判は良くなかった。

「お先に失礼します」

「ヤゴはね、水が揺れると酔っちゃうからね」

ペットボトルを入れたビニール袋を手に、そそくさと職員室を出ようとする私の背中に向かって、園長先生が叫ぶように言った。

前カゴにビニール袋を入れて、ゆっくりと自転車を漕ぎ始めた。

川沿いの道は、午後に突然降ったスコールのような雷雨のせいで、むっとする草のにおいに満ちていた。目の前からベビーカーを押した若いお母さんが歩いてきたので、スピードを緩める。すれ違いざまに赤ん坊に目をやる。三カ月くらいだろうか。もし、あのまま妊娠が継続していたら、自分もあんなふうに、眠そうな顔をして、夕暮れのこの道を歩いていたのかもしれないな、と思う。

桜の満開にはまだ少し早い時期に、私は流産をした。

「僕にも子どもが生まれます。父親になります」

今年の二月の終わり、児童館であったこどもまつりの日、まだ妊娠がわかったばかりだというのに、圭ちゃんは、おまつりを手伝ってくれた人たちの前で高らかに宣言をしてしまい、私の妊娠は、商店街を中心とした顔見知りの人たちに知られることになった。

安定期に入るまではだめだよ。何があるかわからないんだから。私の言葉にも耳を貸さないくらい、圭ちゃんは子どもができたことに有頂天になっていた。

処置を終えて病室のベッドで横になっているとき、おなかの上に手をおいてみた。まだ、おなかもそれほど目立つ週数ではなかったから、流産をしても私のおなかは以前と変わらず、ぺたんこなままだ。昨日まであんなにひどかったつわりも、今はぴたりと治まっていた。軽い空腹感すらあった。フィルムを逆回しするように、自分の体がみるみるうちに、妊娠前の状態に戻っているような気がした。

会社から駆けつけてきた圭ちゃんは、ベッドに突っ伏して声をあげて泣いた。自分のお父さんが亡くなったときも、皆の前では泣かず、自宅の浴室で声を押し殺していた圭ちゃんが大声で泣いた。今日はまるで裕太みたいだ、と、圭ちゃんの上下する肩を見て思った。

「……圭ちゃん。この時期にはよくあることなんだって。先生が言ってたよ」

「ごめんな……。俺がみひろに仕事とか続けさせてたから」

どうして圭ちゃんがあやまるんだろう。圭ちゃんは流産したことが、私が保育士の仕事を続けていたことに原因があるのだと思っているのだろうか。そもそも、圭ちゃんが仕事を続けてくれ、と言ったわけではなくて、私が好きでしている仕事なんだけど……。

「あの……圭ちゃん」と話しかけたけれど、圭ちゃんの泣き声でかき消された。小さなほつれは今すぐに縫い直したほうがいい。そう思ったけれど、圭ちゃんの泣き声はやまない。私は仕方なく腕を伸ばして、泣いている圭ちゃんの頭をそっと撫でたのだった。

病院から戻ると、圭ちゃんは私を徹底的に甘やかした。忙しいはずの会社も三日休んだ。私を布団に寝かせ、三度の食事の用意をしてくれた。

食事以外にも、駅前にあるパン屋の、上にざらめのかかった葡萄パン、桃の缶詰、プリン、ゼリー。私が好きなものを山ほど買い込んでは、布団で寝ている私の口に入れてくれた。

トイレに行こうと部屋を出て、リビングのテーブルを見ると、小さなガラスの花瓶に短く切ったマーガレットが数本いけられていた。その手前に置かれた陶器の香炉立てのそばに、線香の灰がこぼれている。ベランダで洗濯物を干していた圭ちゃんが部屋に入ってきた。

「これ……」

「うん……。何かしてあげたかったんだよ。短い間だったけど、みひろのおなかに来てくれたんだから……」

そう言いながらうつむき、洗濯カゴを床に置いた。

開けたままのサッシから、まだどこかに冬の気配を残した春の風が入ってきた。スリッパも靴下も履いていなかった私は、足をこすり合わせた。おなかにいた何かに愛着が持てるほど、妊娠していた期間は長くなかった。悲しがる圭ちゃんを見れば見るほど、なぜだか居心地の悪さが募っていくような気がした。

それまでは、二つの布団を並べて寝ていたのに、病院から帰って来た日から、圭ちゃんは私と同じ布団に寝るようになった。狭い布団の中、圭ちゃんは私に腕枕をして、ぬいぐるみを抱きしめるように、もう片方の腕や足を私の体に巻きつけた。腕枕をしていないほうの腕が下りてきて、私のおなかをさすった。

「もう一回、来てくれるかなぁ……」

慣れない家事で疲れたのか、眠そうな声で言ったあと、すぐに静かな寝息が聞こえてきた。

あれから二カ月経った今でも、圭ちゃんは私を抱きしめて眠る。

圭ちゃんのわきの下のにおいを吸い込みながら、私は暑苦しさにむせそうになる。産婦人科の先生は、もう再開してもだいじょうぶですよ。と、目的語をつけずに言った。

腕を伸ばして、圭ちゃんの足の間にあるものにそっと触れる。温かくて、ふるふるとしたやわらかいものが、そこにある。なかなか形を変えてくれない、やわらかいかたまりが。ふいに、布団のわきに置いた携帯が震えた。

圭ちゃんに背中を向けてメールを読む。

「先生、あの店、金曜日に予約しときました」

自分が受け持つ二歳児クラスの、ここあちゃんのお父さんからのメールだ。絵文字だらけのメールを読んで、返信しようか迷ったけれど、そのまま携帯を閉じた。携帯を布団から離れた場所に置いた。圭ちゃんのほうに体をもう一度向けて、巣穴で冬眠をする小動物のように体を丸めた。

圭ちゃん……。寝息を立てる圭ちゃんに向かって小さな声でつぶやいてみる。

けれど、圭ちゃんは目を覚まさない。

男の人にしては細い圭ちゃんの肩がゆっくり上下している。夜になって急に強くなった風が、通りの木々や葉を揺らす音がする。

「うちにも、もういるのよー。ヤゴ。ほら」

圭ちゃんのお母さんが、下駄箱の上を指さした。私が持ってきたものと同じ、割り箸を刺したペットボトルが二つ並んでいる。

「ショウ君が持ってきたの。もう、あのえさやるのが気持ち悪くて悪くて」

「おばちゃーん、早く早くー」部屋の奥からショウ君の声がする。

「はいはーい。今行きますよー。みひろちゃん、ほら上がって。おいしいどら焼きあるんだから。裕太もいるわよ」

そう言いながら、圭ちゃんのお母さんはスリッパをパタパタさせて廊下を歩いていく。

「うぃーす」

リビングに入ると、裕太が缶ビールを持った片手を上げた。ダイニングテーブルの上には、食べ散らかした夕食の皿が残ったままだ。その隅には一回り小さい茶碗と、青いプラスチックの箸が投げ出されている。

「おーい、ショウ。食べたら食器を片付ける。それからだぞ、ゲームすんの」

裕太に声をかけられたショウ君が、テレビの前からゆっくり立ち上がって、テーブルに近づき、自分の皿を片付け始めた。私と目が合うと、「こんばんは」と頭を下げる。流しに皿を置くと、ぴょんぴょんと飛び跳ねるようにテレビの前に戻り、コントローラーを手にして、床にぺたんと座った。

「今度はおばちゃん負けないよー」

老眼鏡をかけた圭ちゃんのお母さんが声を上げる。テレビの前に、少し丸くなった圭ちゃんのお母さんの背中と、ぷくぷくと太ったショウ君の小さな背中がふたつ並んでいる。

「おばちゃんじゃないだろ。おばーちゃんだろ」

裕太が箸できゅうりの浅漬けをつまみながら言った。

お母さんの夕食を食べているせいなのか、久しぶりに見る裕太は、なんだか顔がふっくらとしている。裕太が今つきあっている里沙さんという女性と結婚するかもしれない、という話は、お母さんからも聞いていた。医療機器メーカーに勤める里沙さんの仕事が遅くなるときは、ショウ君は学童クラブから直接ここに来て、裕太と共に夕飯を食べ、里沙さんの帰りを待っているのだという。

「うちは託児所じゃないのよまったく。ショウ君よく食べるから食費も大変よ」

声をひそめてそう言いながらも、お母さんはどこかうれしそうだった。お父さんが亡くなり、二人の息子も家を出て、今はここで一人暮らしをしているお母さんにとっては、孫のようなショウ君と共に、また裕太が夕食を食べてくれるようになったことがうれしいのかもしれない。その話を圭ちゃんにすると、あいつはまったく、と言ったまま口を真横に結んだ。

私もこの家で里沙さんと何度か会ったことがある。色が抜けるように白くて、ふっくらとした優しそうな人だ。笑った顔がショウ君によく似ている。バツイチだろうと、小学生の子どもがいようと、裕太に結婚を考えている彼女がいる、と聞いて、私のどこかが、ほんの少し軽くなったような気がした。

テレビの画面にはマリオカートのぎらぎらした色彩がスピーディーに動いていく。

ハンドルの形のコントローラーを持ったショウ君とお母さんの笑い声を聞きながら、ペットボトルの入ったビニール袋を床に置いた。あぁ、これは自分で飼うしかないのかな。圭ちゃんもこういうのだめなんだけど……。

「ヤゴのさー。えさあんの？」

目の前の裕太が突然口を開いたので、驚いて顔を上げた。

「うん。もらったよ。冷凍のやつ」

「冷凍アカムシより、生きたイトミミズのほうがいいぜ」

そう言いながら、裕太が立ち上がってキッチンのほうに歩いていく。戻ってくると小さなタッパーを手にしていた。目の前でタッパーの蓋(ふた)を開ける。気味の悪い赤黒いかたまりが、大量のイトミミズが集まったものだとわかるまでに時間がかかった。ほとんどの部分はじっと動かないままだが、にょろにょろと蠢(うごめ)いている部分もあって思わず後ずさりする。

「一日一回水替えて、冷蔵庫に入れとけば、二週間くらいは持つから。ちょっとそれ貸してみ」

裕太が床の上に置いたビニール袋を指さす。ペットボトルを取り出してテーブルの上に置いた。

「ヤゴって生きたえさしか食べないんだよ。だから、冷凍アカムシあげるときも、こうやって……」そう言いながら、イトミミズをつまんだ割り箸をペットボトルの中に入れ、ヤゴの前ですばやくゆすった。ヤゴが狙いを定めるように、体の後ろ半分を左右に震わせる。頭の下から顎のようなものが伸びて、イトミミズにすばやく食いついた。口から一本、イトミミズがだらんと出ている。

「……ものすごく、獰猛なんだね、ヤゴって」

「肉食だもの。トンボの姿から想像もつかないけどな。……兄貴はこういうの絶対だめだから。おまえがやるしかないな」

裕太が私の顔を見ていじわるそうに笑った。

私と裕太はしゃがんだまま、しばらくの間、ペットボトルの中を見つめていた。どこも触れてはいないのに、隣にいる裕太の体のぬくもりが伝わってくる。あの出来事が、もうずいぶん昔みたいに思える。去年の夏、一度だけ裕太の肌に触れた。触れたなどというやさしいものじゃなく、肌と肌をこすり合わせた。激しく欲情した私は裕太を自分の中に深く納めたのだ。圭ちゃんはそのことを知らない。ペットボトルの中のヤゴは、イトミミズをくわえたままじっとしている。ピンポーンと玄関のチャイムの音がした。

「あっ、お母さんだ」

コントローラーを放り投げて、ショウ君が玄関に駆けていく。

「いいとこだったのに」

コントローラーを握りしめたまま、圭ちゃんのお母さんが残念そうな声を出した。


シャッターの閉まった店が並ぶ薄暗い商店街を、自転車を押しながら歩いた。

自転車の前カゴにはヤゴの入ったペットボトルと、裕太がくれたイトミミズ入りのタッパーが入ったビニール袋、肩にかけたトートバッグには、帰り際、お母さんに無理矢理もたされた大量のどら焼きが入っている。

裕太とショウ君が奇声を上げながら、商店街を駆け抜けていく。全速力で走っているように見えて、あまり足の速くないショウ君に追いつかないように裕太がスピードを緩めているのがわかる。遠くなっていく二人の背中を見ながら里沙さんと並んで歩いた。私よりも頭ひとつ小さい。右肩にショウ君のランドセルをかけている。里沙さんの横を、自転車が通り過ぎると、香水だろうか、かすかに薔薇のような香りがした。

「なんか、親子みたいですね……」

「親子っていうか……大きな子どもが二人、っていうか」

里沙さんが私の顔を見て笑ったので、私も思わず笑い返した。

「体は……もう、だいじょうぶ？」

「あ、はい……」

返事をしながら、流産のことを話したのは、裕太か、それともお母さんだろうかと、ちらりと思った。裕太とショウ君はいつの間にか、商店街のずっと先に立ち、私たちが歩いて来るのを待っている。

「男の人はよくわからないからね……」

仕事で疲れているせいなのか、ぼんやりした声で前を向いたまま里沙さんが言った。それが私の流産のことをさして言っているのか、それとも、裕太のことを言っているのか、私にはよくわからなかった。

保育園では、毎日保護者に就寝時間や起床時間、朝食の内容をノートに記入して提出してもらう。ここあちゃんの連絡ノートにメールアドレスと携帯番号が記されている小さなメモが挟まれていたのは、流産で休んでいた日々を経て、仕事に復帰し始めたときだった。保護者の緊急連絡先は、入園時に把握している。何かの間違いだろうと思って、そのメモは挟んだまま、ここあちゃんのお父さんにノートを返したのだった。

　ここあちゃんのお父さんはシングルファーザーだ。とは言っても、ここあちゃんの育児や家事のほとんどは、同居しているおばあちゃんに任せているらしく、ここあちゃんの園への送り迎えも、おばあちゃんがやって来ることが多かった。けれど、私が早朝保育を担当している水曜日は、毎週、ここあちゃんのお父さんがやってきた。

「これ先生になんだけどなぁ……」

　そう言って私の手に直接、メモを渡したのだった。教室をぐるりと見渡して（ほかの保護者や先生がいないことを確認して）、こういうのは困ります、と言いかけたときには、ここあちゃんのお父さんは、園庭の滑り台の向こうに歩いて行くところだった。急いでいるのか、腕を振って、大股でずんずんと歩いていく。体に張り付くようなパープルのTシャツの背中に、左右の肩胛骨が左右交互に浮き上がるのが見えた。

ぱぱ、ばいばーい。ここあちゃんが私の腿につかまり、小さくつぶやいて手を振った。

　ここあちゃんのお父さんと居酒屋で偶然出会ったのは、それから半月が過ぎたころだった。いっしょに飲んでいた立花先生は、店の外に電話をかけにいってしまい、一人残された私は日本酒の入った升に口をつけようとしていた。

「せーんせ」

見上げると、ここあちゃんのお父さんが目の前に立っていた。

「せんせ、のめそうに見えないのに、結構のめるんですね。俺、日本酒のおいしい店知ってるんだけど、どうすか？　今度？」

そう言いながら、私の前の席に座った。ここあが最近、反抗期でねぇ。俺にぜんっぜんなつかないんですよ。煙草(たばこ)に火をつけ、いきなり話を始めた。図々(ずうずう)しい人だな、と思った。保育園の外で先生と呼ばれるのも嫌いだ。居酒屋で自分の受け持つ子どもの話を聞かされるのも苦手だ。

だから適当に相づちだけをうった。

升に口をつけながらも私は、ここあちゃんのお父さんの腕に浮き上がる筋や、分厚い胸や、肩の筋肉を盗み見る。左耳の小さなピアス。大きいけれど、やや垂れ気味の目は、女の人に好かれそうだ。そういう時期なのだ。生理と生理の間。排卵する時期。感情を無視して私の体は勝手に、自動的に発情する。コントロールがきかなくなる。宅配便のお仕事だったっけか。筋肉のない圭ちゃんの腕とはぜんぜん違う。

「おーい」

奥の席から、一人の男の人が立ち上がって、ここあちゃんのお父さんを呼んだ。今行くから。腕を上げてそう言いながらも、ここあちゃんのお父さんは、ラミネート加工されたメニューをめくり始める。

「一杯おごりますね。……先生みたいなお酒……えーと」

そう言って店員を呼び、オーダーを済ませると、ここあちゃんのお父さんは立ち上がった。

「俺が頼んだ酒、おいしいと思ったら、一度でいいんでつきあってください。その店、ここより、いい酒が揃ってますから」

煙草とライターをつかんで席を離れた。店員がグラスに入れた冷酒を持ってきた。一口飲んでみる。酸味も口当たりも強めだけれど、うまみのあるお酒だった。先生みたいなお酒。ああいうことがすぐに言える人は、よっぽど遊んでいる人なんだろうな、と思いながら飲んだ。

「もー、健司が誰と飲んでるんだって、しつこくてしつこくて。あら」

携帯電話を手に戻ってきた立花先生が、私の顔をのぞきこむ。

「せーんせ、なんかペース早くないですか？　しかも、顔赤いし……それで、結婚どうなったんですか？」これ苦手なので食べてくださーい、と言いながら、クリームチーズの欠片が浮かぶ、もずく酢の小鉢を私の前に差し出す。

「……うん。わかんない」

「えっ？　白紙ってことじゃないですよね」

立花先生は、箸で串から焼き鳥をはずそうと苦心している。

「体が本調子になってからでいいんだから、って圭ちゃんが……だから、秋くらいには、って言ってるけど、日にちとかはまだぜんぜん」

「本調子もなにも。先生、もう絶好調じゃないすか。そう言ったらなんだけど、先生、流産したあと、なんか色っぽいんだけど」

あっ！　と言いながら、立花先生が鶏肉を放りこんだ口を手でおさえる。

「……あの――、先生の彼氏って、あっちのほうが。それで治療したんですよね確か」

うんうん、と頷（うなず）きながら、私はここあちゃんのお父さんがおごってくれた冷酒を口にした。妊娠に至るまでの、あの一連の出来事を思い出すと、苦い気持ちが浮き上がってくる。

一緒に暮らし始めて一年経って、私と圭ちゃんとの間にはセックスが存在しなかった。病院で検査を受けて、圭ちゃんの体に問題があることがわかった。圭ちゃんは、治療薬を使わなければセックスができなかった。薬を使ったって、私は圭ちゃんとセックスできればなんの問題もなかった。けれど、薬を使ったそのセックスはぜんぜん気持ちよくなかったのだ。

終わったあと、「これでもうだいじょうぶだから」と息を切らせて圭ちゃんは言った。そんな圭ちゃんにぜんぜん気持ちよくなかったよ、とは言えなかった。セックスしたい、という私の気持ちを圭ちゃんは受け止めてはくれた。けれど、それは圭ちゃんのどこかで、私が子どもを欲しがってるから、とねじれて変換されてしまったようなのだ。

それと前後するように結婚式の日取りが決まった。いずれするものだと思っていたから、異論はなかったけれど、圭ちゃんと圭ちゃんのお母さんが中心となって進められていく煩雑な準備も、自分だけがおいてけぼりをくったような気がしていた。

結婚がはっきりと目の前に見えてきて、余計に、圭ちゃんと私とのセックスはただのセックスではなくなった。目的ができてしまった。基礎体温をつけ、排卵日を割り出して、セックスをする。それでも妊娠はしなかった。医師にすすめられるまま、私たちは不妊治療を始めた。妊娠するためには、洗浄とか、濃縮とか、圭ちゃんの精子に一手間加える必要があった。圭ちゃんの精子を、自分の体の奥に入れてもらうために、私は圭ちゃんがマスターベーションをして出した容器を大事に抱えて産婦人科に持参した。

快楽もロマンチックの欠片もなかった。

けれど、圭ちゃんの熱心さにひきずられるようにして、私もその作業に熱中しようとした。妊娠してしまえば、自分と圭ちゃんとの間に横たわる問題など、軽く飛び越えられると思ったのだ。自分の欲望も簡単に無視することができるのだと思っていた。それなのに、流産をして、ひとめぐりして、私と圭ちゃんの目の前にはまだ、ごろんとその問題が転がっている。私にはそれが見えるけれど、圭ちゃんはそれが見えていないみたいだ。

「先生……なんか顔、暗くなってますよ?」

立花先生が升酒を一口のみながら言った。自分にとって、全部相性のいい相手なんていないってこと「でも、あれですよねー。目のまわりが赤い。

頭ではわかってるけど。セックス以外は全部いいのに、それだけだめって、結構不幸じゃないですかぁ。でも、好きだからって、その人とするセックスもいいとは限らないし……あたしの彼氏も」

立花先生が顔を近づけて言った。「めちゃくちゃ早いんですよぅ」

立花先生は私の同級生である米屋の息子、健司とつきあっている。そうか、健司、早いんだ。と思ったら、妙におかしさがこみあげてきた。

「先生、にやにやしないでくださいよぅ。だから、そもそも一人の人に添い遂げようってのが無理があるんですよぅ。昔……大学のときに読んだ本なんですけど……明治の頃の日本のどっかの村ではぁ、ある一夜だけは誰とセックスしてもよかったんですよ。まぁ、いい子種をもらうっていう目的はあったみたいですけど、合法的なフリーセックスすよ。でー、その日にできた子どもはぁ」

そこまで言いかけて立花先生が大きなしゃっくりをした。酔っているせいなのか、ろれつが回っていない。

「子どもは？」

「村で、みんなで育てるんですよぅ。父親のいない子どもでも大事にして。……これ、ちょっといい話じゃないですかぁ。児童館のこどもまつりとかじゃなくて、商店街で大人まつりとかすればいいんですよぅ。あー同じのくださーい」

升を持ち上げて、立花先生が大きな声を出した。

大人まつり、という無理矢理な話に苦笑しながら、立花先生の言うことに妙に頷いてしまう自分もいた。そういう夜がほんとにあったとしたら、「いんらんおんな」と指さされることもないだろう。私の母も、そして私も。

そのときできた子どもは商店街で、みんなで育てる。シャッターのしまった商店街を、父親が誰だかわからない子どもたちが声をあげながら駆けていく。それは案外、いい光景なのかもしれないと思った自分に驚いて、慌てて升酒を飲み干した。

「もう、やめちゃえばいいのよ結婚なんか」

テレビの前に置いた低い椅子に座った母が憎々しげに言う。母の左足首と左手首には白い包帯が巻かれている。一週間前に社交ダンスで体をひねったまま転倒して、ひどい捻挫をしたのだった。私が来る前に父に洗面台で洗髪をしてもらったらしく、パーマをかけた髪が頭皮でくるくると渦を巻いている。普段のように濃い化粧をしてない母の顔はやはり年相応に老けて見える。

「そりゃあさ、あっちのお父さんは商店街の組合会長だったし、うちだって、ずいぶんお世話になったわよ。……だけどさ、最初から、お父さんの三回忌があるからとかさ、結婚式の日取りも何もかも、こっちの意見も聞かずに、勝手にどんどん決めちゃうんだもん腹も立つわよ」

父が炒め物ののった皿を持って居間に入って来た。捻挫をした母は畳に座ることができないので、父が座卓のそばに椅子を移動させてから、母に肩を貸して立たせ、ゆっくりと座らせた。母が取りやすいように、夕食のおかずを父が並べる。

「おまえ、もういいんだろ、飲んでも」

そう言って、父はもう一度台所に戻り、発泡酒の缶とグラスを持ってきた。母にグラスを渡し発泡酒をつぐ。

「だから、流産した、っていうのはいいきっかけかもよ。うまくいかないときは、うまくいかないもんなんだって結婚なんて」

おい。と父は静かな声で一言だけ言って、自分のグラスに発泡酒をつごうとする。慌てて缶を受け取り、父のグラスについだ。

「ほら、取れないものあったら言えよ」

そう言いながら、母の手にしている茶碗に、箸でフキの煮物をのせた。

「あー、もう、ごはんの上にのせるのいやだって何度も言ってるじゃない。小皿に置いて」

はいはい、と言いながら、父は腰を上げ、台所に小皿を取りに行く。相変わらず母はわがままな暴君で、父は従順な下僕だ。この家に暮らしているときは、その関係にいちいち感情的になったものだけれど、家を出てからはもういいか、と思うようになった。何より、母のわがままにつきあう父はなんだかうれしそうに見えるから。

「向こうの弟さん、裕太だっけ？　こぶつきの年上女とつきあってるんでしょう。三人で歩いているのよく見るもんねぇ。色の白い、ちょっと小太りできれいな。どういう人なの？」

「おつとめしてる、ちゃんとした人だよ。やさしそうな。ショウ君っていう子どももいい子だよ。会えばちゃんと挨拶するし」

ふ――ん、と意味ありげにつぶやいて、母が野菜炒めを頬張る。

「なによ？」

「その人、あたし、何度かパチンコ屋で見たんだよねぇ。怪我する前だけど」

もぐもぐと動かす口のまわりに細かい皺が寄る。いじわるそうな上目使いをしているときの母は本当にうれしそうだ。

「別にいいじゃないパチンコくらい」

「ちょっと訳ありな感じの人だよね。あそこのお父さんも危なげな女によくひっかかってたもんねぇ。血は争えないんだねぇやっぱり。あ、お父さん、お茶ちょうだい」

何かを言いかけた父が再び腰を上げ、台所に向かった。

人のこと言えた義理じゃないじゃない。お母さんだって、私とお父さん置いて、男の人といなくなったじゃない。そのこと、商店街の人たち、今だってみんな覚えているよ。瞬く間にわき起こったいくつもの言葉を、私は野菜炒めとともに飲み込む。それよりも、うずくように響いたのは、血は争えない、という母の言葉だ。私にも同じ血が流れていることを思い出させる。大嫌いなこの母と同じ血が。

黙っている私の顔を見て父が目配せする。私はうん、と小さく頷いて、父の作った茄子とニラの味噌汁を飲む。母はテレビのバラエティ番組を見ながら、ばかだねこの芸人、と声を上げて笑っている。ごちそうさま、と言いながら、私は自分の食器を持って立ち上がった。

「やっと静かになったな」

居間の隣の仏間の襖を閉めながら、父が笑って言う。夕食を終えた母は、父が敷いた布団に横になり、すでに軽いいびきをかいている。憎たらしい母でも、暗い部屋に浮かび上がる白い包帯姿はやっぱりどこか痛々しい。

「もう体はいいのか」

急須でお茶を淹れながら、私の顔を見る。

「うん、もうだいじょうぶだよ」

そうか、と言いながら、父がお茶をすする。

「母さんもさ……気にはしてるんだよおまえのこと」

うん、と言ったあとに私もお茶を飲んだ。父と私が手にしている陶器の湯呑みは、修学旅行で行った京都で買ってきたものだ。私は中学三年で、母はこの家にいなかった。父と自分、二人分のおみやげを迷いに迷って選んだのだ。そのときの気持ちがよみがえって、胸がちくりとする。

「店さ、秋までに閉めようと思って」

父がつけっぱなしのテレビを見ながら言う。

「開けたら開けたでお金もかかるだろ。今は子どもも少ないし、小売りの文房具屋なんて、年寄りがいつまで続けててもさ。まぁ、住むところはあるし、母さんと二人で細々食べられるくらいの蓄えはあるから。おまえに迷惑かけることもないから」

テレビから乾いた笑い声が響いてくる。テレビを見ている父は笑わない。

「子どもが勉強するための鉛筆やノートや消しゴムを細々売ってさ。たいしたもうけにもならない商売だけど、働き盛りにたくさん働けて幸せだったよ」

「辞世の言葉みたいなこと言わないで」

ははっ、それもそうだな。私の顔を見て父が笑う。

文房具屋という商売のことも、男と家を出て行った母のことも、父から愚痴らしい愚痴を聞いたことはない。

商売柄、たくさんの子どもが店にはやってきたから、時には、おもしろ半分で万引

きをする子もいた。一回は見て見ぬふりをするのが父だった。同じ子どもが二回万引きをすると、

「この消しゴム、おじさん一カ月に三百個売らないとごはんが食べられないんだ」と居間にあげて話をした。

原価がいくら、仕入れ値がいくら、儲けがいくら。子どもにそんな話をしてもわからないだろう、という話を、図に書きながら延々と続けた。警察にも小学校にも、家にも連絡をしないから、おじさんの話を聞きなさい。そう言って、見ず知らずの子どもに、小売店の仕組みについて話し続けた。「ごめんなさい」と子どもが言うまで。

父と母を見ていると、夫婦や結婚というものがわからなくなる。その枠線がにじんで、ぼやけてくる。父に飽きて、母は他の男と暮らすために家を飛び出し、私が高校生になった年に、一人になって戻ってきた母を、責めることなく父は家に入れた。父の辛抱強さは時に私をいらだたせた。母と衝突するたび、父の気持ちを代弁しているような思いに駆られたこともある。

父の気持ちのほんとうのところはわからない。母を許していようと、許していまいと、父と母は同じ屋根の下で年を重ねようとしている。そんな二人を見ていると、結婚して家庭を営むことにひるんでいる自分が時々ばからしくなる。力んで挑もうとし

ている目の前の敵など、そこにはいないのだ、と言われているような気分になるから。

実家を出て、すっかり人のいなくなった商店街を駅に向かって歩いた。

そこかしこに、自分の子どもの頃の思い出があることに気づく。沢口薬局の犬におしりをかまれたこと。0点のテストを隠して母に掲示板に張り出されたこと。裕太がサッカーのボールをぶつけて壊したケーキ屋のショーケース。「おまえの母さん、いんらんおんな」と、私をいじめていた健司たちを圭ちゃんが殴ったパン屋の前。母がいなくなってうつむいて歩いていた自分に声をかけてくれた、おばさんやおじさん。商店街のたくさんの大人が自分を育ててくれたのだと思った。

圭ちゃんの実家であるコンビニエンスストアの前を通りすぎる。見上げると商店街に面した二階の窓からオレンジ色の灯りがもれている。あそこには今日も裕太とショウ君がいて、夕食を食べているのだろう。どんな相手だろうと、どんな形だろうと、家庭というものを作ろうとしている裕太が、もうとても遠い。そう思った途端、圭ちゃんと住むアパートに帰ろうとする自分の足がひどく重く感じられた。


「これはどうしたものだろうね」

昼寝の前に園では子どもたちをパジャマに着替えさせる。ここあちゃんの腕にある痣に気がついたのは、同じ二歳児クラスを担当する滝川先生だった。二歳の子どもはよく転ぶ。怪我もする。園で子どもの体に傷や痣がつくようなことがあったときは、当然、保護者に報告する必要があるし、家庭で何かあったときも、連絡ノートに書いてもらうようにしていた。ここあちゃんは最近、園では転倒も怪我もしていないし、ノートを見ても家庭で何かあった様子もない。

「万一、っていうこともあるからね。先生、ちょっと注意して見ててね」

滝川先生の言う万一、とは、虐待の可能性があるかも、ということだ。私はまだそういう子どもに出会ったことはないが、この園でも去年、四歳児クラスの子どもの複数の痣から保護者の虐待が見つかり、その子どもが児童養護施設に送られたことがあったのだ。

ここあちゃんの手のひらに五円玉くらいの水ぶくれができていたのは、それから一週間後のことだった。

「……ちょっとひどい火傷だねぇ。手当してないっていうのも……。おうちで何か目が届かないことがあるのかもしれないね。一度、保護者の方に来てもらおうか」

ここあちゃんの送り迎えをしているおばあちゃんに滝川先生が尋ねたものの、私は送り迎えをしているだけだから、と、要領を得ない。

「うーん、お父さんに会えたらいいんだけど……」

滝川先生がここあちゃんのお父さんの携帯に電話をしたものの、いつも留守電になっている。最近は水曜日も保育園におばあちゃんが連れてくるようになっていた。園にいる間はどうしてもつかまらないので、家に帰ったあとに、自分の携帯から電話をした。しばらく呼び出し音が鳴ったあと、「もしもし……」という眠そうな声が返ってきた。

園の名前と自分の名前を告げると、

「あ――、せんせ、飲みの誘いですか？」とはしゃいだ声が返ってきた。

「違います」とぴしゃりと言ったあと、ここあちゃんの痣や火傷が気になっていること、一度、園に来てほしい、ということを事務的に伝えた。

「……めんどくせぇな」

「来てもらえないと、児童相談所に連絡することもありますよ」

「……俺のこと、疑ってるんですか？」と妙に低い声で言う。

「そうじゃなくて、とにかく会って話を聞かせてください。おうちのこととか、……前にほら、ここあちゃんがなつかない、って言ってたじゃないですか。私たちもお父さんを責めるために呼び出したいわけじゃなくて、子育てのこととか、困ってることがあれば、いろいろ聞きたいんですよ」

「…………」しばらくの間、沈黙が続いた。

「保育園に行ったら、一度、俺と飲んでもらえますか？」

その言葉で初めて、自分の携帯から電話をしたうかつさを後悔した。

二十分近く説得し続け、園に来る日時を決めたときには、午後十時を過ぎていた。

そこからまた、飲みに行く誘いがしつこく続いた。玄関のドアが開く音がして、ただいま、と圭ちゃんが居間に入ってきた。仕事で疲れたその顔を見て鼓動が早くなる。

「わかりました。また、こちらから連絡しますから」とだけ言うと、鼓膜が震えるような大声で、やったー！　と叫ぶのが聞こえた。その途中で強引に電話を切った。

「何？　仕事の電話？　珍しいね」そう言いながら、圭ちゃんはキッチンの冷蔵庫を開けた。

「ああっ！　おかず入ってるのかと思って、また開けちゃった」

イトミミズ入りのタッパーを手にした圭ちゃんの顔がどんどん曇っていく。

「あ、ごめんごめん、さっき、えさをやろうと思ったんだけど、途中で別の用事を思い出して。ビニール袋に入れるの忘れてた。ごめんね」

圭ちゃんからタッパーを受け取る。

「悪いけど、それのえさやり、僕の見えないとこでやってね」

私はタッパーを持ったまま、浴室に歩いていく圭ちゃんの背中を見た。それ、と言われて自分のどこかがぴりっと痛むのはなぜなんだろう。浴室から勢いのある水音が聞こえてきた。

ペットボトルをテーブルに置き、割り箸でつまんだイトミミズを、すばやくゆすって見せると、ヤゴがぱくっとくわえた。イトミミズにはいつまでも慣れないけれど、ヤゴはなんだか可愛く見えてきた。

ヤゴは真夜中に羽化するのだと言う。

「えさをあんまり食べなくなって、羽になる部分がふくらみ始めたら、羽化の前触れよ」と園長先生が教えてくれた。

ここまで育てたのだから、羽化するところが見てみたかった。水の中でイトミミズをくわえるヤゴは、まだトンボの姿にはほど遠い。無事にトンボになったら、圭ちゃんはヤゴを、それ、とは言わなくなるのだろうか、とふと思った。

「ここあが火傷したのは、俺の吸いかけの煙草、触ったからなんですよ。……それを連絡ノートに書かなかったのは、申し訳ないと思いますけど、俺、夜中に仕事から帰ってくるともうくたくたで。ここあの寝てる布団に潜り込むと、もう朝が来てるって感じで。……あ、でも、火傷ってよく冷やせば、勝手に治るんだと俺、思ってて」

水曜日の午後にやってきた、ここあちゃんのお父さんが、緊張した顔でぽつりぽつりと話し始めた。園の応接室のソファに、私と滝川先生が並んで座り、その向かいに、ここあちゃんのお父さんが座っている。子どもたちの昼寝の時間なので、園が一番静かな時間だ。

「うん。それで間違ってないですよ。ただ、化膿したりするとやっかいだからね、念のために皮膚科で抗生剤とかもらったほうがいいかもしれないですね。……だけど、お父さん、……仕事けっこう大変なんですね」滝川先生がゆっくりと言った。

「養育費、稼がないといけないんで。ここあの上の長男は、妻の、あ、元妻のとこにいるんですけど……。あと、すみません。痣のことは俺もよくわかんないです」

そう言いながら、なぜだか一度、深く頭を下げた。携帯番号を書いたメモを押しつけたり、居酒屋で声をかけたときとはまったく違うまじめな顔をして。

「……お父さんの言ってることが全部嘘だとは思えないけどねぇ。ただ、痣のことは気になるかなぁ……うーん、もう少し様子みてみようか」

ここあちゃんのお父さんが帰ったあと、滝川先生が疲れた声でそう言った。

「せーんせ、俺すごくまじめにしゃべれたでしょ」

弾んだ声でここあちゃんのお父さんから携帯に電話がかかってきたのは、その日の夜のことだった。

「約束守ってくださいよ。俺、仕事半休にしてまで行ったんだから。先生と飲めると思って。いつにします？　えっと俺、夜が空いているのは……」

一方的で前のめりな話を黙って聞きながら、テーブルの隅に置いたペットボトルを見た。朝やったはずのイトミミズが、水の底でゆらゆらと揺れている。えさを食べなくなるのも羽化をし始めるサインと園長先生は言っていたはず。

携帯を持ったまま、ペットボトルをのぞき込んだ。ヤゴの色が黒くなって、体が膨らんでいるような気もする。羽化はもうすぐなのかもしれない。指でそっとペットボトルを叩いてみた。ヤゴはじっとしたまま動かない。ネイルくらいはしたほうがいいだろうか。何の手入れもしていない自分の指先を見てそう思った。ほんの少し気持ちが浮き上がっているように思えるのは、もうすぐ始まるヤゴの羽化のせいだ、と無理矢理、自分に信じこませた。

週末のこの時間に都心に向かう電車に乗るのは久しぶりだった。車内は思ったよりも混んでいて、一週間の仕事を終えた疲れと、週末の開放感がごちゃ混ぜになった、澱(よど)んだ空気に満ちていた。待ち合わせよりもずいぶん早く家を出た。昨日の夜、クローゼットを開けてみて、自分は保育園で仕事をする服しか持っていないことに気づいたのだ。結局、二年前に買った紺のワンピースを着たけれど、足の間がすーすーして心許(こころもと)ない。駅のデパートで新しいワンピースを見たかった。あとは化粧品と、夏用のサンダルと、それから……。

電車が終点についた。立っていた乗客が、出口のほうに急ぐ。私は座席に座ったまま、たくさんの人が下りて行くのを待っていた。

「おい、ショウ。起きて、お願い」

大きな声がした。聞き覚えのある声だった。横を向くと、隣の車両の真ん中あたり、座席に座ったまま、ショウ君の体を、揺さぶっている裕太が見えた。立ち上がって近づいて行くと、驚いたような顔をして裕太が私の顔を見上げた。

「具合でも悪いの？」

「こいつ、一度寝ちゃうと絶対に起きないんだよ」裕太が困った声で言う。

「それ持つよ」

裕太が肩にかけているリュックサックを受け取った。中に何が入っているのかわからないが、ずしっと重い。眠ってくにゃくにゃになっているショウ君のわきの下に裕太が手を入れ、一気に抱き上げた。何とか改札を抜け、人ごみをすり抜け、階段を下りて、裕太たちが乗ろうとしているバスの乗り場まで一緒に歩いた。医療センター行きのバスがターミナルに入ってきた。先に並んでいた人たちが順番に乗り込んで行く。

「ごめんな。もうここで大丈夫だから」

そう言ってショウ君を抱っこしたまま、斜めがけにした鞄から、もたもたと財布を出そうとする。それを手伝っているうちに、バスに乗り込む順番が来た。「出発します」運転手のアナウンスが聞こえ、ドアが閉まりそうになる。ショウ君を抱えた裕太と私は慌ててバスに乗り込んだ。

「ちょっ、なんでおまえまで乗ってんの？」

「いや、だって抱っこしたまま無理だから」

バスの座席はすべて埋まっていた。立っている人も多い。裕太はショウ君を抱えて、足を踏ん張っている。ショウ君はコアラのように裕太に体を預けて目を覚まさない。クーラーが効いていても車内はむっとして、裕太の額には汗が浮かんでいる。バスはターミナルを抜け、病院までの坂道をゆるゆると上がっていく。

「ショウ、お父さんと会う日なんだよ、今日。お父さん、医者だからさ。里沙さんが仕事で急に都合がつかなくなって。こいつ、昨日の夜、興奮しすぎて、あんまり寝てないみたいなんだ……おまえ、だけどだいじょうぶなの時間？」

「早めに出てきたからだいじょうぶ」

そう言って横を向いた。普段しない化粧をしている顔を、マスカラまで塗った顔を、裕太に見られるのが恥ずかしかった。バスが終点の医療センターの前に着いた。もうすっかり日が暮れている。裕太はショウ君を抱えたまま、建物の中に入り受付に向かう。私もショウ君のリュックを抱え、後に続いた。

「あぁ……さっきですね。急な手術が入りまして……そろそろ終わるころだとは思うのですが……」紺色のベストを着た中年の女性職員が申し訳なさそうな声で言った。

裕太と二人で受付の前にある黒い長椅子にショウ君の体をそっと横にした。裕太の言うとおり、何をされても目を覚まさない。頰を真っ赤にして、規則正しい呼吸をして深く眠っている。私はバッグから出したハンカチで、前髪が濡れるほどのショウ君の額の汗を拭った。

「はー。こいつの重さ、腰に来るんだよな……。あ、ほんと、もうだいじょうぶだから」

「もうすぐ終わるって言ってたから、それまでいるよ。もし、ショウ君のお父さんの手術終わらなかったら、裕太、また抱っこして帰らなくちゃいけないじゃない」

怒られた犬のような顔をして裕太が私の顔を見上げている。

自動販売機で紙コップ入りの冷たい緑茶を買い、裕太に渡した。ありがと、と目を見ないで言った裕太と距離を置いて、同じ椅子に座った。

診察時間は終わっているが、それでも受付の前はたくさんの人が通り過ぎる。医師、看護師、入院中なのか点滴をしたまま歩くパジャマ姿の男の人、三つ編みをした中学生くらいの女の子が松葉杖を器用に使って足早に去って行く。カウンターの奥、壁にかけられた大きな時計を見た。今すぐここを出れば間に合うか……。

「親父の、手術のとき、思い出しちゃった……」

裕太がぽつりと言った。圭ちゃんと裕太のお父さんは三年前、全身にがんが転移して亡くなった。お父さん子だった裕太は、お葬式で声をあげて泣いていた。健司に「おまえは泣き女か」と馬鹿にされながら。

「大変だったね。あのとき……」

「おまえ、今日さ……」裕太が言いかけたとき、青い手術着の上に白衣を着た大柄な医師がこちらに近づいてきた。

「いや、お待たせしてほんとうに申し訳ない。……ショウ」

そう言いながら、椅子の上のショウ君をやや乱暴に揺すった。医師の声に、ショウ君が目をこすりながら、体を起こす。パパぁ、と寝ぼけた声で言ったあと、甘えるように医師の首に手を回す。ショウ君を抱き上げ、私が渡したリュックを肩にかけると、一度だけ私と裕太に軽く会釈をして、受付の横にある、すでに止まっているエスカレーターを一段抜かしで上っていった。その背中を裕太と二人、黙ったまま見つめていた。

「……あの人、俺の顔、一度も見なかったなぁ。あ、ショウもか」

腰をさすりながら、裕太が言った。

病院前のバス停でしばらく待っていたけれど、どういうわけだかバスはなかなかやってこない。しびれを切らした人たちは、タクシー乗り場に長い列を作り始めた。

「車、待ってるより早いから。駅まで歩こう」

そう言った私の後を、裕太がのろのろとついてくる。さっきバスで上がってきた坂道を下りていく。道の途中には、塀の高い住居が続き、その塀の向こうから名前も知らない植物や花が道路にせり出している。

午後六時から九時までの降水確率五十パーセント。夕方のニュースでは確かにそう言っていた。まだ雨は降り出していないが、たくさんの水分が含まれているような湿った空気が体にまとわりつく。

ガードレールのない道を二人並んで歩いた。裕太とこんなふうに歩くのは、ずいぶんとひさしぶりのような気がした。いつもは口数の多い裕太が、今日はひどく無口だ。久しぶりに履いたサンダルのつま先が痛み始める。

「里沙さんって仕事結構忙しいんだね……」

話しかけても裕太は前を向いたままだ。ガードレールのある狭い道に入った。前から人がやって来たので、私は裕太の後ろを歩いた。

「あの人、ああ見えて、会社では結構えらい人なんだよ」

「へぇ、裕太、不動産屋がだめになっても食べさせてもらえるね」「おまえさ」

笑いながら言った私の言葉を裕太が遮る。

「今日、男と会うだろ」

もう前からやってくる人などいないのに、なぜだか私は裕太の後ろを歩いていた。

「男ってそんな……園児の保護者だよ。ちょっと気になることがあって、それで」

「あんときとおんなじ顔してる」

もう幾度も頭の中で再生した裕太の部屋が目の前に浮かぶ。汗を吸い込んで薄っぺらくなった布団。くしゃくしゃのTシャツの汗のにおい。

坂道が緩くカーブする場所で、大学生くらいの男の子たちが立ち話をしている。その脇をすり抜けるように歩いた。私と裕太が通り過ぎたあと、弾けるような笑い声が聞こえてきた。

「ああいうふうになるならさ」

前を向いたまま裕太が言った。坂道を数台の車が上ってくる。ヘッドライトがやけにまぶしい。

「相手するから」

裕太のまじめすぎる声に同調してはだめだ、と思った。だから、わざとふざけたような声で言った。

「裕太、里沙さんと結婚するんでしょ。三人で商店街歩いてるときだって、もう家族みたいだよ。裕太の言ってること、むちゃくちゃなこと、もうやってんじゃねーか」

「おまえ、去年の夏、一回むちゃくちゃだよ」

振り返って、裕太が私の顔を見下ろす。

「今日みたいになったら、俺、使え」

「……」

裕太の言っていることに真正面からぶつかってはいけない、と頭の奥で冷静に考えている自分がいた。けれど、つい尖った声が出た。

「裕太、ばっかじゃないの」

「知ってるよ。俺、ばかだよ。パチンコ狂いの借金抱えた子持ちの女の人と結婚しようとしてんだ。おふくろにも親戚にも反対されてさ。……だけどさ、それとこれとは別なんだって。おまえがほかの男と」言いかけた裕太の腕をぶった。そんなことをしたのは高校生以来だ。ずいぶんと力を入れたつもりだったけれど、裕太はまったく痛がっていない。それが悔しくてまた、ぶった。裕太の表情は変わらない。そんなことを言う裕太を痛めつけたくて、腕をつねりあげた。裕太の眉間に皺が寄る。

「ほかの男じゃだめだって。絶対にだめだ。そんな顔して男に会うなよ」

「ずるいよ。裕太の言ってることずるいよ。私、結婚するんだよ。圭ちゃんと結婚してしあわせになるんだよ」

「じゃあ、なんで流産したあと、晴れ晴れした顔してたんだ。おまえ」

裕太の腕をつねっていた指先を思わず離した。

坂道のカーブをゆるゆると上がってきたバスに目をやる。車内には灯りがついているが、なぜだか誰も乗っていない。裕太の放った言葉が長い矢のように頭からつま先までを貫いて、自分のなかから、めりめりと得体の知れない何かが飛び出してくるような気がした。圭ちゃんにすら見せたことのない荒ぶる欲望や感情が、裕太の前ではあらわになってしまう。去年の夏と同じだ。そのことがたまらなく怖かった。むちゃくちゃな裕太の言葉をうれしいと、かすかに思っている自分に恐怖を感じたのだ。

　サンダルを履いたつま先がじんじんと痺(しび)れて、足の指がちぎれるように痛む。車のライトが裕太の白いシャツの背中を照らす。思わず振り返ると、坂道の上から、空車の赤いランプを灯したタクシーが下りてくるのが見えた。腕を上げる。乗り込んで、場所を告げ、ドアが閉まる。裕太が車の窓に向かって何か言ったけれど、裕太のほうを見ずに前を向いていた。車が走り出す。あっという間に暗い坂道を下りきって、繁華街の谷底にある駅が近づいてくると、原色のネオンが回り灯籠(どうろう)のように窓の外を流れて行く。一度告げた行き先を変更するために、私はもう一度口を開いた。

　ただいま、と言いながら、部屋に上がると、廊下の向こうから、圭ちゃんが、しーっ、と口元にひとさし指を立て、私を手招きした。リビングに近づき、圭ちゃんが指さすテーブルの上を見ると、ペットボトルに刺した割り箸の先に止まった茶色い蛹(さなぎ)から、薄緑色の透明な成虫がのけぞるようにして、その半身を見せていた。

「さっき帰ってきたらさ、蛹の背中が割れ始めて」

虫や生き物が嫌いなはずの圭ちゃんが、声を潜めて言った。

「ここまで来るのに、ずいぶん時間がかかったんだよ」

テーブルの隅には、圭ちゃんがいけなおしたのか、小さな花瓶にオレンジとピンクのガーベラが飾られていた。

私は圭ちゃんのそばを離れて、洗面所でゆっくり手を洗った。汗で化粧が崩れた自分の顔を見る。下まぶたにマスカラの汚れがついている。水で濡らしたティッシュで汚れを拭った。キッチンに向かい、冷蔵庫を開けて麦茶のポットを出し、グラスについで二杯飲んだ。それでも口の中の渇きは治まらない。もう一杯飲んだ。しゃがんだまま、テーブルにひじをついて、まだ羽化の様子を眺めている圭ちゃんに近づいた。背中に向かって言った。

「圭ちゃん……」

かすれた小さな声しか出なかった。聞こえないのか、圭ちゃんは振り向かない。

「……圭ちゃん」もう一度、そう呼ぶと、

「ごはんはいいよ。食べてきたから」と、振り返らずに言った。

「この部屋を出たいの」

無様なほど声が震えた。圭ちゃんは振り返らない。圭ちゃんの背中越しに、蛹からすっかり体を出したトンボが見えた。蛹の中で短く折りたたまれていた白っぽい羽が、少しずつ伸びて、透明になっていく。

「一人になって考えたい。結婚とか、圭ちゃんのこととか」

圭ちゃんが着ているYシャツの背中、薄い水色のストライプだけを見ていた。上の部屋から、足音やテレビの音が聞こえてくる。そこには、昨日と変わらない日常があるのかと思うと、うらやましい気もした。圭ちゃんの腕が伸びて、その次に、くしゃり、という嫌な音がした。思わず目を閉じた。圭ちゃんがこちらを振り返った気配がした。

突然、頭の上から水が降ってきた。

生臭い水が顔をつたっていく。圭ちゃんが私から離れていく足音がする。玄関のドアが乱暴に閉められた。それでも目は開けられなかった。なぜだかそのとき、自分が真夜中の商店街に立っているような気がした。「おまえの母さん、いんらんおんな」健司やいじめっ子の同級生が、私を嘲(あざけ)る言葉を投げかける。「くだらないこと言うな」と守ってくれた圭ちゃんはもういない。「いんらんおんなで悪いか」大人になった私はもう、あの嘲り声に、大声で、たった一人で言い返すことができるはずだ。

ゆっくりと目を開けた。

テーブルの上には首の折れたガーベラが二本、転がっていた。その手前、ペットボトルに刺された割り箸の先に、生まれたばかりのトンボが羽を広げていた。その羽はまだ湿って柔らかそうに見える。羽が乾ききるまでには、まだしばらく時間がかかるのだろうと思った。

真夏日の薄荷糖

ぬるい水につかりながら、ショウがこちらに泳いでくるのをぼんやり見ていた。

去年の大規模なリニューアル工事で新しくなった屋内区民プール。夏休みのせいか子どもがやたらに多い。小学校低学年の子どもは、水深の浅い小さなプールで泳ぐのに、赤いコースロープの浮かんだ競泳用プールで泳ぎたいとショウは言い張った。まだ泳げるわけではない。ビート板につかまってバタ足ができる程度なのに。

競泳用はプールの真ん中ほどが、より深くなっていて、そこで足をついてしまえば、ショウの頭は水のなかに沈んでしまう。そう言い聞かせても、「だいじょうぶだもん」と言い張った。

泳ぐショウの少し前を後ろ向きで歩き、何かあれば助けるつもりだった。ショウの伸ばした腕の先にある赤いビート板はもう、コースの中程を過ぎていた。ショウの、めちゃくちゃなバタ足がつくる水しぶきに、後ろにいる子どもが顔をしかめている。

頑固で努力家のショウを見ていると兄貴を思い出す。

小さい頃は、親父と兄貴と三人でよくここに通った。二歳違いの兄貴は小学校に入るまで泳げなかった。先に泳げるようになったのは、保育園に通っていた俺だった。幼児用プールで無様ながら泳げるようになった俺のそばで、兄貴はビート板を持って、黙々とバタ足をくり返していた。その年の夏休みの終わりには、二十五メートルを泳げるようになって、俺と親父を驚かせたんだっけ。喜んだ親父は家まで兄貴を肩車した。俺は確か、待って、待って、と言いながら、なきべそをかいて、二人の背中を追いかけた。

あの頃の親父は子どもの俺からみても、なんだかほんとにいい男だった。

背も高いし、顔もいい。それに、とことん優しい。思ったことを堂々と言って、誰の悪口も言わなかった。商店街の会合とか、こどもまつりの日は、親父のそばでしなをつくって笑ってる女の人が必ずいた。今になって思えば、親父のやってきたことはほめられたことばっかりじゃなかった。近寄ってくる女の人にちょっかいを出されて、親父も出して、いろんな修羅場があった、らしい。

というのも、俺は親父の修羅場の半分も記憶がないからだ。だから、幸いにも俺のなかの親父はかっこいい親父のままで、あの家族のなかでいちばん遅く生まれてきたことの幸運を思ったりもする。浮気ばっかりしていた、とおふくろは今でも親父をなじるけれど、親父は、選り好みもせず、女の人の欲望に素直にこたえ続けただけなんじゃないかな、なんて、そんなことも思ってしまう。

小さな女の子を連れた、俺とそれほど年の変わらなそうな母親が、プールサイドをゆっくり歩いていく。なんとなく背格好が似ている。気になりだすと仕方ないささくれのように、俺はまた同じことを考え始めてしまう。

あのとき、みひろになんと言えばよかったのか。

最近、そんなことばかりを俺は考えている。

あの夜、みひろと別れ、うつむきながら歩いていた俺の前に、一台のタクシーが停まった。ドアが開き、みひろがかたい表情で俺を見上げる。

「あのさ、ごめん、いっしょに行ってくれないかな？」

そう言われて、連れて行かれたのは、繁華街の谷底を過ぎ、もう一度坂道を上がったその奥、雑居ビルの三階にある和風居酒屋だった。二言、三言、店員と言葉を交わしたみひろは、俺のほうを振り返りもせず店の奥に足を進めた。襖（ふすま）を開けると、ぬめっとした暖色系の間接照明の下、一人の男が掘りごたつみたいな座敷に足をつっこんで座っていた。

肉体労働をしている人だろうか。上腕二頭筋のふくらみが、妙に目立つ。無造作に見えて実はものすごく手入れをしてそうな顎ひげ。ごついシルバーのブレスレットとリングの威圧感。自分の友だちにはあんまりいないタイプだ。なんというか、ワイルドで、腕っぷしも強そうだった。

男はみひろを見て微笑み、後ろに立ってる俺の顔を見て表情をかたくした。みひろはかまわず、サンダルを脱いで男の向かいに座り、俺を手招きする。状況がわからないまま、俺も靴を脱ぎ、襖の近くに腰を下ろした。

「すみません。このあとデートなんですよ。待ち合わせ時間にはまだ早いんだけど、そこで、彼氏に偶然会っちゃって。あ、ちょっとみんなで一杯飲んだら、この人には向こうで待っててもらいますから……ここあちゃんの話、今日はじっくり聞きますよ。保育士として」

そう言いながらみひろは笑顔で、ラミネート加工されたでかいメニューを広げた。

重苦しい沈黙が続くなか、ジャズピアノのBGMだけがむなしく響く。男は手にしていたグラスに口をつけ、中の酒を一気に飲んだ。状況がつかめないまま、男の喉仏を見ていた。突然、男がグラスをテーブルに叩きつけた。グラスが鈍い音を立て、こぼれた酒が男の手を濡らした。

「ばかにすんなよ！」

ジャケットをひっつかみ立ち上がる。靴に足をつっこむと、壊れるほどの勢いで襖を閉めて出て行った。しばらくの間、俺とみひろは閉じられた襖を黙って見ていた。その向こうから、店のざわめきが聞こえてくる。ふうっ、と、みひろが一度息を吐き、立ち上がる。俺もそれに続いた。

みひろは男の会計を済ませ、店を出た。週末の賑わいに満ちた駅までの道を歩く間も、電車の中でも、みひろは一言も口をきかなかった。各駅停車に乗り換えるため、途中の駅で下り、ベンチに座って電車を待った。ホームのはしっこにあるベンチには、俺とみひろ以外、誰も座っていなかった。今にも雨が降り出しそうな夜で、風がひんやりと肌を撫でた。

「おまえ、あれ……趣味わりぃなぁ」

隣に座ったみひろは何も言わず前を向いている。

「あたしと……」

そう言って体を屈め、サンダルのつま先を指でさすった。

「あたしと、あたしのお母さん、似てると思う？」

みひろが何を言っているかわからず、聞き返そうとしたが、その瞬間、電車の到着を知らせるアナウンスの声が聞こえてきた。

「そりゃ親子だから似てるだろ」

口を開くと同時に、ホームに電車が滑り込んできた。みひろの耳に届いたのかどうかもわからない。みひろに続いて電車に乗り、入口近くに二人で並んで立った。あ、もしかして。みひろのおふくろが中学生のみひろを残して男と家を出て行ったことか、とわかった瞬間、ドアが音を立てて閉まった。

みひろを見下ろした。一瞬、眉間に深い皺が寄り、ぐしゃり、と、表情が崩れた。泣くか、と思ったけれど、すぐに元の表情に戻った。電車のなかでも、つり革につかまったまま、そっぽを向いて一言もしゃべらない。窓ガラスに映るみひろの顔を見たが、口を真一文字にぎゅっと結ぶ表情から、感情を読み取るのは難しかった。みひろが降りる駅が近づいてきた。

「今日……ごめんね」

俺の顔を見ずにそう言って、電車を降り、俺のほうを一度も見ないまま、ホームを小走りに駆けて行った。

どん、とおなかのあたりに衝撃を感じた。ショウの赤いビート板がぶつかったのだった。

ショウは水に濡れた顔を手でぬぐって、

「おにいちゃん、泳げた僕！　二十五メートル！」

と興奮を隠しきれない声で叫ぶように言った。

「ごめんね、せっかくの休みの日なのに。ショウにつきあってもらって」

キッチンから顔を出して里沙さんが言った。さっき帰ってきたばかりの里沙さんは、慌(あわ)てて手を洗い、エプロンをつけて、夕食の準備を始めた。

「手伝おうか？」と声をかけたけれど、

「昨日の夜にカレー作っておいたの。あとサラダだけだからいいよ」

そう言いながら一人で野菜を切った。

医療機器メーカーに勤める里沙さんが仕事で遅くなる日、夏休み中も学童クラブに通っているショウは、帰りに俺の実家に寄って夕食を食べ、そこに俺と里沙さんも合流することになっていた。そして、ショウと里沙さんをマンションに送り届け、俺は自分のアパートに帰る。

そういう暮らしが、ここしばらく続いていた。ショウは案外、俺のおふくろになついているし、おふくろも口ではぶつぶつ言いながらも、ショウが家に来ることを拒まなかった。夏休みに入ってから、不動産屋が休みになる水曜は、毎週、ショウを連れてプールに行っていた。里沙さんも水曜日はなるべく早く帰れるように、仕事のスケジュールを調整していた。

「一晩ねかしたから、だいぶいい感じ」

そう言いながら、里沙さんは小皿にほんの少し垂らしたカレーを舌先で舐めた。やらしいなぁ、と思いながら、俺はビールを飲んでそれを見ている。ショウは里沙さんの腰にまとわりつきながら、二十五メートル、二十五メートルと、何度もくり返し、そのたびに里沙さんが、すごいねぇショウは、と言って笑った。誰かがこの三人を見たら、家族に見えるのだろうか。そんなことをぼんやりと思いながら、俺は里沙さんが出してくれた細かく刻んだキムチとオクラを載せた冷や奴でビールを飲んだ。こんな家族も悪くないじゃないか、と思う自分と、よく考えろ、考えに考えろ、という自分がいる。

カレーを三杯食べ終わる頃には、ショウは皿に顔を突っ込むくらい、うつらうつらしていた。ずるずると体を引きずるように、隣の和室に敷かれた布団に寝かせ、そっと襖を閉めた。

「また重くなったなぁ。おんぶとかもう無理っぽい」

ふふ、と笑いながら、里沙さんがソファの隣をぽんぽんと叩いた。指定された場所に座り、里沙さんのふとももに頭を載せる。ふわふわとした肉の弾力とあたたかさを耳たぶに感じた。

「今日、疲れたでしょ」

「俺は見てるだけだもの」とは言ったものの、長い時間水に浸かっただるさと、ビールの酔いが混じって、さっきから俺も眠くて仕方がないのだった。里沙さんの指が俺の髪の毛を撫でている。その心地良いリズムで今にも瞼が閉じそうだった。

ふと目の前が暗くなって、頬にくちびるが触れた。

「好きよ」耳元で里沙さんが言う。

そのままの流れで俺と里沙さんはソファの上で抱き合った。隣室に寝ているショウを気遣ってか、こういうとき里沙さんは自分の口に手のひらをあてて、声が漏れないように我慢する。ソファに座った俺に跨がり、里沙さんが腰を動かす。俺はなにもしなくてよかった。しばらくすると、里沙さんのなかが収縮した。

どういうわけだかそのとき、俺は子どもの頃のラジオ体操の出欠表を思い出していた。眠い目をこすりながら、だらだらと体操をすると、お情けみたいにスタンプがもらえるあれ。女の人を一回いかせるごとにもらえるスタンプ。お役目を果たすのとおんなじだ。そんなことを考えていたせいなのか、俺はなかなかいけなかった。

「やっぱり疲れてるんだよ。無理してごめんね。最近……」

言いかけた言葉をそのままにして、里沙さんがずり上がったブラジャーを元の位置に戻した。言わなくてもその言葉の続きはわかってる。最近、多いねこういうの。

「裕太くんにめちゃくちゃ欲しがってほしいこともあるんだけどね。……わがままだね私」

そう言って里沙さんは小さく笑い、残っていたビールを飲み干した。こういうことを責める口調で言わない里沙さんが俺は好きなのだ。けれど……。

里沙さんのマンションを出た瞬間に、ふっ、とため息が出た。あの夜のみひろみたいに。里沙さんを抱いている最中だって、頭ではみひろのことを考えていた。二人の女のことが俺の頭のなかで溶け合い、混じり合い、その境目がよくわからなくなっていた。

さて、どうしたらいいのだろう。そう思いながら、すぐには答えを出そうとしない自分の汚さにちょっとがっかりもしていた。

「ちょっとこれ見てよ」

目の前のドアは俺が思っていた以上に何かでひっかいたようなかすり傷が無数につき、真ん中あたりがべこんとへこんでいた。

不動産屋の仕事はやってきた客に物件を紹介するだけじゃない。大手じゃないうちみたいな町の不動産屋は、いわば、なんでも屋でもある。管理物件の入居者から、エアコンが壊れた、鍵を無くしたなんて電話がかかってくるのはしょっちゅうだし、家賃未納者に督促の連絡もする。

仕事を終え、店のシャッターを下ろしているときに、隣町の大家さん、水野さんから電話がかかってきた。入居者がひどく部屋を荒らしている。玄関ドアはべこべこ。修繕費のことを話し合いたいけど、入居者と連絡がなかなかとれない。そんなふうなことを電話でまくしたてられた。代々続く地主である水野さんが数棟持っているうちのひとつ、2LDKだが、広さは七十平米近くある高級賃貸マンションだ。入居者はほとんどが家族持ちで、家賃もそれなりに高いが、駅に近いせいもあって、常に部屋が埋まっている人気物件だった。

「今、はやりのDVっつーのかね。前から夫婦げんかがすごいとか、夜中になんか壁にぶつかる音がするとか、ほかの部屋からもクレームがいろいろあったのよ……。奥さんは出てっちゃったのか、昼間はいないみたいだし、だんなさんのほうもね、仕事がいそがしいのか、夜も遅いし、あんまり家にいないみたいなんだよねぇ。……しかも、鍵もかけず、どうなってんだろ。貴重品もあるだろうに」

ドアを開け中を覗いた。暗い廊下になぜだか割れた食器のかけらが点々と散らばっている。部屋に上がりはしなかったが、首を伸ばして見ると、廊下の奥にあるリビングにかかったカーテンレールが外れて、重そうな布がだらしなく床に垂れているのが見えた。

「勤務先に電話してるんだけど、いないことも多くてさ。悪いんだけど、なんとか連絡つけてくれないかねぇ」

わかりました、と返事をしたものの、正直なところ、やっかいだな、と思ったのも事実だ。こういうケースだと、家賃を踏み倒してそのまま夜逃げしてしまう入居者も少なくない。修繕費のことを考えると、どうしてもそれだけは避けたかった。

「仕事の合間、合間でなんとなく電話してみます」

「そお？　すまないねぇ」

水野さんは入れ歯をふがふがさせながら笑った。

今日の夜は、ショウも里沙さんも俺の実家で夕食をとることになっていた。玄関に入った途端、台所のほうからがちゃがちゃと音がする。おふくろが食器棚の前に立ち、手を伸ばしてやっと届く位置にある皿を出そうとしていた。ガス台に載せられた揚げ物の鍋から、じゅううっと香ばしい音が聞こえてきた。

「もうなんなのなんなの。鍋、火かけっぱなしで。無理して取ったら危ないだろ」

そう言いながら、腕を伸ばして皿を取り、おふくろに渡した。おふくろは皿をテーブルに置き、今度は引き出しを開けて、がちゃがちゃと音を立てて中を探っている。

「なに、いらいらして。更年期とかとっくに終わってんだろ」

「今日はショウくんも里沙さんも来ないって。向こうのお父さんと会うことになったって。さっき急に電話かかってきたわよ。こんなにたくさん作って、もうどうすんのよ」

そう言いながら、鍋の中から菜箸で次々に唐揚げをつまみ、ペーパータオルを敷いた銀色のバットに乱暴に置いた。テーブルの上のガラスのボウルには、マカロニサラダが山のように盛られていた。

「ふーん、そうなの」

と言いながら、揚がったばかりの唐揚げをつまむ。俺もそんなこと聞いてなかったな、と思いながら、はふはふと唐揚げを囓った。

「里沙さん……最近よくパチンコ屋にいるんだって。……みひろちゃんのお母さんがよく見るって。子どもがいるのに、よくないよっそういうの」

それも知らなかったなー、と思いながら二個目の唐揚げに手を出した。

「もう！　手も洗わないで！　行儀悪いっ。あんたね、結婚とかよく考えなさいよ。バツイチってことはそれなりの理由があるってことなんだからね。ショウくんとは血も繋がってないの。適当なあんたに父親役なんて絶対につとまらないんだから」

そう言いながら、レタスをめりめりと裂いている。

おふくろの怒りの種火が段々と大きく燃え上がっていく。こちらに飛び火してくるのを怖れて、台所から逃げだそうとしたところで玄関のチャイムが鳴った。おふくろは今頃、誰だろ、と俺の顔を見上げて言い、エプロンで手を拭きながら、玄関に向かった。

すぐさま、あら何、きれいねー、という、さっきまでの怒鳴り声とはまったく違う、おふくろの甘い声が聞こえた。なんだ、なんだと思いながら俺も玄関に歩いて行く。

「よっ」

兄貴が立っていた。おふくろは小さな花束を手にしてまだきゃーきゃー言っている。

「いや、珍しく仕事早く終わったからさ。たまには母さんの顔見に来ようかと思って」

こういう言葉がするする出るところがほんとうにいけすかねー、と思っている俺に、兄貴が小さなケーキの箱を差し出した。商店街にあるケーキ屋、セシボンじゃなく、デパ地下とかで買ったらしい、読めないフランス語の店名がかかれたそれを。

山盛りの唐揚げは見ているだけで胸焼けしたが、おふくろの機嫌を損なわないように、俺は（たぶん兄貴も）頑張って食べた。おふくろは兄貴のグラスに嬉々としてビールをついでいる。おふくろのこういう顔を見るのは久しぶりだったし、家族三人だけで食事すること自体、最近はめったになかった。

「仕事、忙しいのか？」

茶碗のなかに残ったごはんを持てあましながら、兄貴が俺の顔を見て言う。

「あ、まぁ、夏はそうでもないよ。不動産屋はさ」

言いながら、兄貴の顔を見た。なんだか痩せていないだろうか。仕事が忙しいのか。

「今日は、ショウ君はいないの？」

「あぁ、なんか父親の家に行くとかで」

「あの子、いい子だよな」

兄貴もこの家で何度かショウと里沙さんと顔を合わせていた。兄貴のそばで笑っていたみひろも今日はいない。今日、みひろは、と何度か言いかけて、言葉を呑み込んだ。兄貴も何か言いたいんじゃないか、今日、何かを言いに来たんじゃないか、とふと思った。

そのタイミングをはかっているような気がした。口ごもる俺と兄貴にかまわず、ただ一人、嬉しそうなのはおふくろだった。

「こうしてると昔みたいねぇ」

うっとりとした顔で言いながら、リビングの隅にある仏壇に、おふくろは兄貴が持ってきた花を飾った。

親父が死んで、もう三年が経つ。テレビの前には、ショウが遊ぶゲームのコントローラーが転がっている。そのショウも今日はいない。誰かが死んで、誰かが家を出て、誰かがやってきて。おふくろだけがずっとこの家にいる。そういう人の移り変わりは、案外、おふくろにはしんどいことなんじゃないかとふと思いながら、ちびりちびりとビールを飲んだ。兄貴も口数が少ないまま、グラスに口をつける。

もしかしたら、うれしそうなおふくろを前にして、兄貴は言いたいことが言えなくなってしまったんじゃないかと、そんな気がした。たぶん、それはおふくろにとって、いいニュースじゃないからだ。と同時に、そのニュースは俺にとっていいニュースなんだろうか、という思いも頭をちらりとよぎった。

大家の水野さんから頼まれたものの、その部屋の住人、川島さんとはなかなか連絡がつかなかった。自宅の固定電話と携帯にかけ続けたが、いつも留守番電話になっている。とりあえず、メッセージを残したものの、折り返しかかってくることはなかった。

三カ月先には部屋の更新も迫っている。書類一式はすでに郵送してあったが、出て行くのか、住み続けるのか、その返事も確認できていなかった。困って水野さんに電話をすると、

「うん……なんかね、毎週、木曜日の夜は電気ついてるみたいなんだよね。そのとき、狙(ねら)って行ってもらえないかねぇ」とすまなそうな声で言った。

仕方なく、次の木曜日の夜、外で夕食を済ませ、いったんアパートに帰ってからマンションに向かった。ドアはこの前来たときのまま、傷だらけで真ん中がべこんとへこんでいる。ふと思い立ってドアノブに手をかけると、鍵はかかっていなかった。玄関の照明もついたままだ。廊下にはこの前と同じように点在する割れた食器の欠片(かけら)。新聞や雑誌も散乱していた。ううむ、と思いながら、玄関の上がり口に腰をかけた。腕時計を見る。時間はすでに午前0時を過ぎている。

そのとき、突然ドアが開いて、ネクタイをだらしなく緩めた中年の男が顔を出した。無精髭が伸びて、髪の毛が油分でぺたりとしている。

「あんた、泥棒？」

「あ、いえ、不動産屋です。大家の水野さんに頼まれて」

川島さんは俺の姿に驚くこともなく、靴を脱ぐ。男が近づくと、ぷん、と鼻をつく体臭がした。何かをこぼしたのか、茶色いしみだらけのスリッパをつっかけて、川島さんが廊下を歩くと、ぱり、ぱり、と音がした。

「あんたも上がって」

振り返らずに川島さんがそう言ったので、同じように汚れたスリッパを履き、廊下を歩いた。

リビングの散らかり具合はひどかった。ダイニングテーブルもソファも、安いものじゃないのは見てすぐわかったが、その間を埋めるように新聞や雑誌、本が積まれ、中身の飛び出した茶封筒が雪崩のように崩れていた。ダイニングボードの上の白い壁には、トマトジュースを投げつけたような赤黒い染みができていて、その隣に飾られたいくつかの写真の額が斜めになっている。

リビングと和室の間にある襖はカッターで切り裂いたように破れ、中の木組みが見えていた。目の前にいる川島さんがこんなことをしたのかと思うと、この部屋に川島さんと二人でいることに次第に緊張しはじめる。

川島さんはキッチンに入り、シンクに積まれた食器のなかから、ガラスのコップを選び、それを一回ゆすいでから蛇口の水をついだ。

「すみません。あのドアの修繕費のことで。大家の水野さんがなかなか連絡が取れないからと、それで不動産屋の自分が……」

俺の話を聞いているのかいないのか、川島さんはコップの水を音を立てて飲み、後ろにある冷蔵庫から缶ビールを出し、ほい、と俺のほうに投げてよこした。

「すまなかったな。会社の仮眠室でずっと寝泊まりしてたもんだから」

そう言いながら、缶ビールを飲んだ。俺より多分、十以上は年上だろうと思ったけれど、よく見ると兄貴くらいの年齢なのかもしれないと思った。

「よかったら飲んでよ。まぁ、ここ座って。……しかし蒸すなぁ今夜」

そう言いながら、テーブルの上のリモコンを手に取り、エアコンのスイッチを入れた。ダイニングの椅子(いす)の上に積まれた茶封筒を、乱暴に床の上に置き、その向かいにある椅子の上の雑誌の束も同じように空いている床に放り投げる。座面の角が破れた布張りの椅子にどさりと腰を下ろした。俺もその向かいに座った。名刺を出して名前を伝えたが、川島さんはその名刺をまるで興味のないもののように、テーブルの上に積まれた新聞紙の束の上に載せた。

「金のことだろ。ちょっと待って」

立ち上がり、テーブルの後ろにある食器棚の引き出しの中を探り、厚みのある封筒を取り出し、俺の前に置いた。封筒から一万円札が顔を出している。その厚みから言って、多分、百万近くのお金が入っているように思えた。そんな大金を、鍵のかかってない部屋に無造作に置いておくことが信じられなかった。

「それで足りるかな」そう言いながら、また、ごくごくとビールを飲む。

「見積もり出して、それでまた郵送しますから。支払っていただくのはそのあとでも」

「郵便でもらってもさ、封筒開けるのもだるいんだよ」

そう言ってテーブルの端に目をやる。封の開いていない大小の封筒が積み重なっていた。

「だから、とりあえずそれ、大家さんに渡してくれる？　多すぎたら、残りは郵便ポストに入れといてくれれば。足りなかったら悪いんだけど、また取りに来て」

はぁ、と言いながら、頷(うなず)いたが、とりあえず修繕費を払う気はあることがわかっただけでもほっとした。ビールを飲みながら改めて部屋を見回した。それにしてもどんな暴れ方をすればこんな事態を招くのか……。

「やったのは俺じゃないよ……嫁さん」

俺の考えていることに気づいたのか、弁解するように川島さんが言った。

「すげえだろ。怖いよな女って」

目の前の壁にある斜めになった額を見た。結婚式の写真だった。白いドレスを着ているその人はずいぶん華奢な人だ。あんなに優しそうな人が襖を破ったり、重いドアを傷つけたり、へこませたりできるんだろうか。それよりも驚いたのは隣にいる川島さんだ。すげぇイケメンじゃないか。肌の色艶もいい。目の前にいる疲れきった中年男と同一人物とはとても思えない。

「あんた、彼女とかいんの」

「は、はぁ……いちおう」

「女が本性出すのは結婚したあとだからさ」

そう言って飲み干してしまったビールの缶をくしゃりと手でつぶした。

「寂しくさせると怖いんだ女は」立ち上がり、キッチンの冷蔵庫からまた新しい缶ビールを取り出した。どさりと椅子に座り、またごくごくとビールを飲む。まるで水みたいに。

「寂しくさせると女は気が狂っちまうんだ。……どっかの国がミサイル飛ばそうとしてるとか、政治家の献金スキャンダルとか、俺が血眼になって追っかけてきた出来事なんて、女にはまったく関係ないんだよなぁ。こんなに荒らして飛び出していきやがって」

そのとき、部屋の隅で乱雑に積み重なっていた茶封筒が音を立てて崩れたが、川島さんは気にする様子もない。

「奥さん……また戻ってくるんですかね？」

「さぁね。離婚届も送られてきたけど、判は押さないよ」

一度心を決めて結婚までしたんだ。そんなに簡単になかったことにできるもんか。川島さんは怒ったように言って、また空になったビールの缶をひねりつぶした。照明のせいだろうか、川島さんの顔色はひどく悪い。目の前でまた新しい缶ビールを開けた川島さんを見ながら、こんなふうな顔色をいつかどこかで見たことがあるような気がしていた。

「しかし、やりましたね奥さん。これ……」

「俺がそういう気持ちにさせたんだから。嫁のせいだけじゃない……。理由もなく暴れる人間なんていないだろ。暴れる人間だけが悪いんじゃない。暴れさせる人間も同じくらい悪いんだ。俺が、嫁をこんなふうにさせたんだ」

川島さんの言葉を聞きながら、里沙さんとショウが初めて俺の勤める不動産屋にやって来た日のことを思い出していた。里沙さんの首筋にあった黄色と紫色の大きな痣のこと、俺が腕を伸ばしただけで、体をびくっとさせたショウのこと。里沙さんがくわしく話さないから、深く聞いたことはなかった。里沙さんのパチンコが作った借金のせいで里沙さんは離婚した。あの痣は里沙さんのだんなさんが作ったものなのだろう、と思ってきた。その暴力の原因が里沙さんにあるのだとしても、夫婦のほんとうのところは二人以外の人間には何もわからない。そのすべてを里沙さんから聞いても、俺は永遠に蚊帳の外にいるんだよな、そう思った。

里沙さんとショウのすべてを知らないように、里沙さんと出会う前の俺のことも里沙さんは知らない。見知らぬ二人が生活を共にしようと心に決めることは、なんて怖いもの知らずで無鉄砲なことなんだろう。

川島さんの奥さんが暴れまくった部屋で、川島さんにすすめられるまま、缶ビールを飲みながら、俺はまた深く、そんなことを考えてしまったのだった。

「コーヒーでも飲んでく？」

　里沙さんの言葉に俺は何も言わずに頷いた。

　俺の実家で夕食を食べ、ショウと里沙さんをマンションまで送り届ける途中で、ショウはもうあくびをくり返していた。家につくと、寝ぼけたまま歯磨きをすませ、里沙さんが敷いた布団に潜り込んだ。襖の向こうから、寝息がかすかに聞こえてくる。

「どこがいいかな……」

　里沙さんがテーブルの上で旅行のパンフレットを広げる。夏休みに一度、里沙さんとショウと三人で旅行に行こうと計画を立てていた。コーヒーの香りがキッチンから漂ってくる。里沙さんが立ち上がり、マグカップを二つ持って、再び椅子に座った。

「この前……ショウ……向こうの父親と……」

「あぁ、ショウがね、最近なんだか会いたがってね。ごめんね……突然」

　目を伏せたまま里沙さんが言う。

「……血のつながった父親だもんなぁ」

　極力、里沙さんを責める口調では言いたくなかったが、どう言っても、何を言っても、それでも小さな棘があるな、と思った。里沙さんの手が伸びる。親指で俺の手の甲をゆっくり撫でた。マグカップから視線を上げて見た里沙さんの顔もどんよりと疲れている。この前の川島さんといい、里沙さんといい、みんな少し働きすぎなんじゃないか。のんきに俺は思ってしまう。

「俺さ……ショウ、好きなんだよね」

「うん……知ってる。ありがとね」

里沙さんは、まだ熱いコーヒーをぐいっと飲んだ。ショウが少し風邪気味だから、と、エアコンはつけないでいた。テーブルの脇にある扇風機が、ぬるい空気をかき回す。下の道路を走る車の音が、時折聞こえる。マンションの目の前にある消防署も今日は静かだ。

「あのさ、俺たち……ちゃんとしたほうがよくないか。……そういうことも最近考えてしまうんだけど」

里沙さんが俺の顔を見てかすかに笑った。大人が子どもに笑いかけるみたいに。

「よく考えようよ……ちゃんと、ちゃんとね」

扇風機の起こす風が里沙さんの髪を揺らす。顔に散らばる髪の束を里沙さんは耳にかけた。

「だって大事なことだもん。あなたの未来のことだよ」

そう言われてどこかでほっとしている自分がいた。里沙さんと結婚しようと決意をしたうえで、言ったわけじゃない。どちらかと言えば、里沙さんの気持ちに探りを入れたかったのだ。

「パチンコ屋、……最近よく行くの？」

里沙さんが目を細めて微笑んだ。いたずらをとがめられた子どもみたいに。目尻に細かく皺が寄る。

「不安になると行っちゃうのね。我慢してるんだけど」

「何がそんなに不安なの……」

「裕太くん、まさこの写真送ってくれないじゃない」

「……はっ？　まさこ？……」

「そうよ。まさこの写真がおまじないだったのよ。私にとって」

頬を膨らませながら里沙さんが言う。つきあい始めた当初は、商店街にある煙草屋の看板猫、まさこの写真を携帯で送った時期もあった。確かに最近はそんなことをしていない。子どもみたいな里沙さんの口調は、話が深刻なほうに転がっていかないように予防線を張っているようにも思えた。

「冗談よ……ごめんね。仕事で色々あってね。これでも会社ではすこしは責任のある立場なのよ。……家に帰る前に、頭、切り替えないとやっていけないこともあってね。

そういうときに……ね。……でも、借金作るほどはまる、とか、時間を忘れて、とかそういうんじゃないから。今はひとり親だもん。ショウに迷惑かけるようなことはしないわ」

そう言って里沙さんは黙った。

ううーん、と和室からショウの声がした。里沙さんが立ち上がり、襖を開けて、寝ているショウの額に手のひらで触れる。途端に母親の顔になる。その顔が好きだった。好きだった、と、すでに過去形で思っている自分に気がついた。

里沙さんを不安にさせているのは、ほんとうに仕事のことだけなんだろうか。そう考えながらもわかっていた。里沙さんを不安にさせているのはたぶん俺のせい、だと。里沙さんだって、本当はそう言いたいのだということも。

さっきから、健司と沙也加がいちゃいちゃするのを見せ続けられて、俺はいつ席を立とうか、そのタイミングをはかっていた。最近、商店街にできたメキシコレストランに突然呼びだされた。つぶれた蕎麦屋の後にできた店だが、平日の夜だというのに、意外に客が入っていた。俺の目の前に座る二人はお互いの腕がくっつき合うようにすきまなく座っている。健司がこんなににやにやしてるところも初めて見た。

「今日は、裕太くんに報告がありまーす」

健司が腕を斜めに上げてまるで選手宣誓のように声を上げる。沙也加も同じように腕を上げている。

「僕たち」

「私たち」

「結婚するんだろ」

「あ、知ってたの？」そう言う沙也加と健司が顔を見合わせる。

「俺に言わせてくれよぅ」

健司は軽くふてくされた顔をしてテキーラのグラスをあおる。

「久しぶりに連絡よこして、二人で報告したいことがあるって言ったらそれしかないだろ？」

コロナビールのなかにライムを搾り、瓶のなかに落とした。

「うん、まぁ、そういうことなんだけどね」

そう言いながら、健司はサボテンのピクルスを口に入れる。交通事故で介護が必要になった健司の母親を、みひろと同じ保育園に勤める沙也加が、仕事帰りになんやかやと面倒を見ていることは健司から聞いていた。合コンで出会った二人、うまくなんかいくもんか、と思っていたけれど、案外スムーズにまとまってしまった。

「早く、赤ちゃんほしいんですよぅ一刻も早くぅ」沙也加が体をくねらせて言う。

「健司、絶倫だからだいじょぶだって。十人でも二十人でも産みな」

そう言うと、沙也加はきゃはーと笑いながら、健司の腕をばしばし叩いた。俺、最近、あんましだめなのよ……、とこの前飲んだときに暗い顔で呟いていた健司が、げっそりとした顔で俺を見る。

「うん。でも良かったな。ほんとにおめでとう。素直にうれしい」

「俺、裕太より先に結婚できると思わなかったわー」

勝ち誇ったような顔で健司が言う。

「おまえも早くしろよ。一刻も早くしろ」

「あー、兄貴とみひろが先だろ」

そう言った途端、健司と沙也加がまた顔を見合わせた。店に流れる、やたらにメランコリックなギターの音色が聞こえてきた。店に入ってからというもの、沙也加と健司がしゃべりっぱなしだから、BGMが流れていることにすら気がつかなかった。

「あのさ、裕太……」言いかけた健司の口を、

「やめなよ」と沙也加が慌てて手のひらで塞ぐ。

健司が沙也加の手のひらをどかして言った。「別れたぞ、あの一人」

も——なんで余計なこと言うかなぁ、と言いながら、沙也加が目の前にあるコーンチップスを何もつけずにぱりぱりと音を立てて食べた。

「あ……俺、この前も実家で兄貴に会ったけど、そんなこと」言いながら自分の放った言葉は嘘(うそ)だと思った。兄貴がそうおふくろに話すのを自分は心のどこかでじりじりと待っていたんだから。

「みひろ、圭祐先輩と住んでた部屋出て、今、一人でアパートに住んでんだよ」

声をひそめて健司が言う。

「だけどね、だけどね、どこに住んでるとか、教えられないの。早川先生に口止めされてるからね。ばれたらあたしが殺されちゃうから」

沙也加が早口で言う。コロナビールをラッパ飲みする俺を、健司と沙也加が見つめている。濡れたくちびるを手の甲でぬぐうと、じわじわとした酔いのかたまりがゆっくりと胃のあたりに降りていく。

「みひろ、元気なのか？」それだけ言うのが精一杯だった。

「保育園のほうは、まぁ、ね……仕事はちゃんと」

沙也加がまたコーンチップスを囓った。

「おまえさ」いつになくまじめな顔で健司が口を開く。

「おまえらさ、おまえとみひろ」

そう言ったあとに手を上げて、店員を呼び、テキーラのおかわりをオーダーした。すぐに店員が新しいグラスを健司の前に置いた。

「くっつけよ。くっつくしかねぇよ」

「そんな簡単に……いくかよ。俺にだっていろいろ事情があんだよ」

「おまえにいつか言ったことあるだろ。みひろはさ、昔からおまえといるときだけよく笑うんだよ。でかい口開けてばかみたいにさ。ころころ犬ころみたいに」

健司がテキーラのグラスをあおる。

「ほかに理由がいるか？」

怒ったように言う健司の背中を、まるで子どもをなだめるように沙也加が撫でている。俺が黙ってしまったので、沙也加も健司もそれ以上の話はしなかった。そのあとは、まるで目の前の俺がいないかのように、沙也加と健司はいちゃいちゃし続けた。

それは、商店街にまだ今よりもっと活気があったころだ。親父もまだ元気だった。

みひろも俺も中学生で、俺はいつもみひろをからかっていた。笑わせたかったのは、みひろが暗い顔をしてるからだ。みひろの母さんが出て行って、うつむいて商店街を歩くみひろを笑わせたかった。みひろと同じ高校に行きたくて死ぬほど勉強した。高校に入ったあと、みひろに好きだと伝えたくて、そのタイミングを狙っていたのに、先に告白したのは兄貴だった。高校の渡り廊下で、みひろは発熱したみたいに顔を赤くしてつっ立っていた。みひろの気持ちも兄貴に向いていた。みひろに選ばれなかったのだから仕方がない。みひろが選んだのは兄貴だったのだからあきらめろ。何度もそう言い聞かせてきた。けれど、兄貴とつきあい、いっしょに住むようになったみひろを目で追いかける自分がいた。

あの暑い夏の日、俺の部屋に突然みひろがやってきたとき、死ぬほどうれしかった。だけど、寝たあとに、丸ごと俺にぶつかってきたみひろを俺は拒絶した。兄貴を裏切るようなことをしたことが恐ろしかった。いつだってその機会を狙っていたくせに。

今ならまだ間に合うんじゃないか。取り戻せるんじゃないか。

健司たちと別れたあと、児童公園にあるパンダのカタチをしたバネ式遊具にまたがって、俺はいつまでも揺れていた。酔いがまるで毒のように体中にまわって、頭がぐらぐらした。ふいに携帯が震える。里沙さんだった。

「今日、これから会えないかな？」

「………」向かってくる小さな虫を手で追い払いながら、俺は言葉を探していた。

「今日、社長と飲んでしまって……かなり酔っちゃって俺」とっさに嘘をついた。

「……そっか……」そう言ってしばらくの間、里沙さんは黙った。

「あぁ。……だけど、来週の旅行は大丈夫。社長にも頼んだから」

「……うん。そうだね。楽しみにしてるね」

じゃあね、おやすみね、と言って里沙さんは電話を切った。その声の優しさに胸が痛んだ。だって俺は、どうやって別れ話を切り出すか、健司の話を聞いたときから考え始めていたんだから。

見上げると水銀灯に数え切れないほどの虫が群がっていた。青白い光にぶつかっては離れ、それでもまた吸い寄せられるように近づいていく。あの虫のことを馬鹿だなんて笑えない。俺は虫以下だ、そう思った瞬間、すっぱいものがこみ上げてきて、地面に少し吐いた。その上に靴でざっと砂をかぶせて見上げると、水銀灯がにじんで見えた。

二泊するつもりだった旅行は、里沙さんの仕事の都合で一泊になってしまった。

特急踊り子号で二時間もかからずに着いてしまう海は、子どもの頃、商店街の組合の旅行で何度か訪れたことがあったが、その頃とは大違いだ。海岸に降りていくアプローチはきれいに整備され、浜にはごみひとつ落ちていなかった。はるかかなた、沖に浮かぶ島に、遊覧船が予想以上に速いスピードで向かって行く。遠浅で、波が穏やかな海岸には、小さな子どもを連れた若い家族がひしめいていた。

「日焼け止めをよく塗って！」そう言う里沙さんの言葉も聞かず、ショウは海に向かって走って行く。そのあとを追いかけた。とにかく一刻も早く海に浸かりたい。ショウの気持ちはよくわかった。子どもの頃の俺と同じだ。海の家で、昼飯の焼きそばとかき氷を食べたあとも、お兄ちゃん、早く！　と俺の腕を引っ張る。まだ泳げはしないので、浮き輪をさせて海に入った。

「ママー！」岸に向かってショウが叫ぶと、海の家で借りたカラフルなパラソルの下で、里沙さんは笑顔で手を振る。けれど、俺とショウが沖に出るにつれ、里沙さんはショウの声に気づかなくなる。笑いもせずにどこかを見ている。今日の休みを確保するため、昨夜も遅く帰って来た。電車の中でも窓ガラスに頭をもたれさせて、うつらうつらとしていた。

「聞こえないのか……」と、ショウがぼそっと言った。

「こんなに遠いんだもの、仕方ないよ」

もう防波堤のすぐそばまで来ていた。大きくて白い雲の連なりがずっと先の沖に向かって続いていた。海にずっと浸かっているせいか、手の指の腹が白くふやけている。

「海にずーっといたいなぁ」

「また来ればいいじゃないか」

「また来られるの？」

そう聞かれて黙ってしまった。日焼け止めを塗ったものの、お昼前から強い太陽の下にいるせいで肩がちりちりと痛んだ。ショウは黙ってしまった俺を責めることもなく、

「ずーっと夏休みだったらいいのに」

そう言って、浮き輪に体を預け、めちゃくちゃなバタ足で海面を叩いた。

旅館で夕飯を食べたあとも、里沙さんは、窓のそばにある籐(とう)で編んだ椅子に体を預けて、眠っている。ショウと二人、しーっ、と声に出さずに言い合って部屋を出た。

ベビーカステラ、綿菓子、たこ焼き、スーパーボールすくい。海に続く道のところどころに露店が出ている。ショウと二人、気ままにぶらぶらと歩いた。昼間の焼けるような暑さは消えて、心地いい風が吹いていた。海岸のほうから誰かが上げたロケット花火の耳障(みみざわ)りな音が聞こえてくる。

「なにか欲しいものあったらいいなよ」

言ってはみたものの、ショウは黙ったままだ。日焼けのせいで、丸い頬が微(かす)かに赤く腫(は)れている。ショウが足を止めた。垂れ下がった幕に、ハッカパイプと大きく書かれている。横に張られた木の板に、漫画やアニメのキャラクターを模(かたど)ったホイッスルのようなものがずらりと吊(つる)されている。ショウはそれをじっと見たまま動かない。

「これが欲しいの？」と聞くと、ショウは黙って首を振る。

「ママに怒られちゃうから」そう言うと、また歩き出した。

海の見えるコンクリートの階段に腰をかけて、自動販売機で買ったジュースを二人で飲んだ。地元の中学生だろうか、浴衣(ゆかた)姿の女の子と、Tシャツに短パンを穿いた男の子のグループが、花火に火をつけ、振り回しては、きゃーっと奇声を上げていた。

「お兄ちゃんともう会えないの？」

見透かされたようで、ぎくりとした。

「なんでショウ、そう思うの？」

「パパとママがバイバイするときも、海に行ったんだよ」

ショウが前を向いたまま言う。

「そっか……」

「だけどね、パパはまたママと暮らすって。パパが約束したんだよ。ママをぶたないし、ママもう悪いことしないって約束したって。パパが言ってた」

「……そっか……」そうだったのか。この前、沙也加と健司と飲んだ夜、里沙さんがこれから会えないかと言ったのは、そのことを伝えたかったんじゃないかと思った。

「だけどさ、パパといっしょに暮らしたら、もうお兄ちゃんと会えなくなるの?」

ショウが俺の顔を見上げて言った。ショウには、嘘はつけない、と思った。

「……そうだね」

しばらくの間、じっと黙ってショウは俺の顔を見ていたが、突然、湧き出すようにショウの目に涙が溜まった。

「どっちとも会えればいいのになぁ」

最後まで言い終わらないうちにしゃくりあげた。Tシャツから伸びたむちっとした腕で涙をぬぐう。

「ショウのパパが、パパだから。お医者さんでかっこいいだろ。難しい手術もいっぱいして。頭もいいし。親子なんだから、ショウもパパに似てるんだよ。かっこいい大人になれるよ」

そう言いながら、ショウの頭を撫でた。思いの外、小さく感じたその頭に、抱えきれないほどのことを考えさせてしまったことを悔いた。誰も傷つけずに生きていくのは難しい。わかってはいるけれど、ショウを傷つけるのは、ひどく心が痛んだ。ショウはしばらく泣くと、「帰る」と言って立ち上がり、歩きはじめた。

「これ買ってあげる。選びな」

さっき通り過ぎたハッカパイプの店の前で足を止めた。俺の顔を見上げ、迷ったような顔をしていたが、それでも吊り下がっているなかからひとつを選んだ。戦隊もののキャラらしかった。ショウはそれを首に下げずに、半ズボンのポケットの奥深くにしまった。

「あのさ」

いつの間にか、俺とショウは手をつないでいた。何かを言い淀んでいる。しゃがんで、ショウの顔を見た。

「何？」

「おんぶして」

ショウの甘えた口調に、ふっと自分の顔がほころぶのがわかった。ほら、と言いながら、背中を向けた。ショウが首に腕をまわし、体を預けてくる。ずしっ、とした重さが腰にきた。旅館まで歩けるかな、と不安にはなったけれど、ふらつきながらも、一歩、一歩、歩いた。

「おっきくなったな」

背中のショウは何も言わない。旅館に着くころには、やわらかな寝息が聞こえてきた。

ショウをおんぶしたまま部屋に戻ってきた俺を見て里沙さんは驚き、すでに敷いてあった布団に寝かせた。

「重かったでしょう」

「ひざががくがくして死ぬかと思った」

寝ているショウを間に挟んで、二人で声を出さずに笑った。はー、と言いながら、俺も隣に敷いてある布団に倒れ込んだ。のりのきいた冷たいシーツが心地良かった。

俺の隣に里沙さんも寝転んだ。

「ショウから聞いたよ」天井を向いたまま、声を潜めて言った。

うん、と言った里沙さんの声がどこか遠くから聞こえてくるかのようだ。

「ずっと前から考えていたことなの。最初は、ショウのためにそうしたほうがいいんじゃないか、って考えはじめたことなんだけど。……だけど違うのね。私がやり直せないかな、とずっと思ってることに気づいたの。まだできることとか、やり直せることが、たくさんあるような気がして」

あの人と、と言ったあとに、里沙さんが俺のほうにごろんと転がってきた。

「だけどね、そう思いながら、あなたと離れるのもつらいのよ。ほんとうにつらいの。両方の気持ちがあるのよ。……あなたと同じね」そう言う里沙さんを引き寄せ、頭頂部にくちづけをした。

「だんなさんに……もし、ぶたれたら、連絡してください」

「……そんなこと言ったらだめなんだよ。悪い男だ」

笑った形のままの里沙さんのくちびるが首筋に触れた。

「最後に……私のことだけ考えて、ね」

隣の和室まで、ずるずると布団を引っ張り襖(ふすま)を閉めた。灯りを消して、里沙さんを抱いた。里沙さんのやわらかい体は、いくらきつく抱いても、自分の腕のなかから逃げていくような気がした。みひろと里沙さん、二人への思いをだらしなく心のなかに飼っていた俺と同じように、里沙さんが、俺とだんなさんのことを考えていたかどうかはわからない。やさしい里沙さんがついた嘘かもしれない。そう思いながら、まだかすかに、里沙さんにだんなさんより愛されていたい自分もどこかにいた。

ゆるゆるとあたたかい里沙さんの体のなかに収まりながら思っていた。里沙さんは今まで会った人のなかでいちばんくらいにやさしい人だ。やさしくて、そして、だらしなく人を許す。俺も、多分、だんなさんのことも里沙さんは許して、自分も許したかったのかもしれない。その心地良いゆるさのなかで俺は今までゆっくりと温まっていただけなんだ。自分のほうから断ち切りたい、と願っていたのに、断ち切ってくれたのは里沙さんだった。

消え入りそうな里沙さんの声を聞きながら、鎖骨に浮き上がった汗の粒に舌の先で触れた。

「え……川島さんが？」

その知らせを聞いたのは、新しい入居者の契約書を水野さんのところに持っていったときのことだった。

「昨日の明け方さぁ、川島さんが外廊下でうずくまってたらしくて。なんかうめき声がする、って、同じ階の住人が気づいて救急車呼んでくれたんだよ。……血をずいぶんたくさん吐いててさ、廊下なんか真っ赤よ。一応、水で流したけど、あれ、取れるのかなぁ……また、業者呼ばないと」

川島さんのことよりも、血で汚れた廊下の清掃代のことをしきりに気にする水野さんから、川島さんが運ばれた病院を聞き出した。もしかしたら川島さんの入院中の世話をしてくれる人は誰もいないんじゃないか、そう思ったからだ。

川島さんが運ばれた病院は、俺の親父も入院したことのある総合病院だった。ここでの治療でらちがあかず、もっと大きいがん専門病院に運ばれ、そこで亡くなった。

四人部屋の病室はナースステーションにいちばん近いところにあり、それぞれがカーテンで仕切られていた。入口で名前を確かめ、ゆっくりとカーテンを開けた。点滴の針が腕に刺さった川島さんは俺の顔を見て驚き、

「ちょっとずいぶん、胃が悪かったみたいでさぁ」そう言うと力なく笑った。

「こんなとこ今すぐ出たいよ」子どものように口を尖らせる。

「いや、少し休んだほうがいいですよ。ゆっくり。今まで忙しすぎたんじゃないですか」

「俺の仕事のことなんか、あんた、なんにも知らないくせに」と笑う。

見舞いに何を持って行けばいいかわからなかったが、駅向こうのホームセンターで夏用のパジャマと下着、タオルを選んだ。これ、とビニール袋の中身を見せながら言うと、すまんね、とつぶやくように言った。

ベッドのそばにある丸い椅子に座り、すぐに着られるように、パジャマと下着のビニールの包装を剝がした。

「ほんとは、一回洗ったほうがいいと思うんですけど」

「不動産屋がそこまでやらなくていいだろ」とまた笑った。

川島さんの瘦せ方や、顔色や、話すときの力が抜ける感じが、どうしてもベッドで寝ていた親父を連想してしまう。

「奥さんには連絡したんですか」

俺の言葉にしばらく川島さんは黙り、いや、と首を振った。

「……心配、かけるからですか」俺の言葉には答えず、

「こういうときは男のほうが情けねぇよなぁ」と独り言のように言った。

病室の扉は開け放ったままだったので、廊下からは絶えず誰かの足音や声が聞こえる。激務と言ってもいいような日々を過ごしてきただろう川島さんには、もっと静かな部屋で休んでほしいと、余計なお世話だが思った。どこかのベッドからごほごほと、喉(のど)の奥に引っかかるような咳(せき)が聞こえた。

「退院したらまた遊びに行きますよ」

「それも不動産屋の仕事じゃねぇな。そんな時間あるなら彼女、大事にしろよ」

ははっ、と笑おうとしたが、うまく笑えなかった。

「あんた、若いし、もてそうだからわかんないだろうけどね」

かすれた川島さんの声が聞こえにくかったので、椅子をベッドのほうに引き寄せた。

「一生のうち、ほんとに好きになれるやつなんて、そう何人もいないんだぜ。出会えないやつもいる。出会えただけで幸運だ。女のわがままなんて、かわいいもんだって。私を大事にしてくれ、って、あいつらの言いたいことはそれだけなんだから」

そう言いながら、点滴の針が刺さってない左手で、おなかのあたりをゆっくりと撫でた。

「苦しいですか？」川島さんは黙って首を振る。

「大事にしてやんなよ。それがなにより、いちばん大事なことだからさ」

はい、と頷くと、ベッドの下が視界に入った。サンダルの横に、川島さんがこの病院に来たときに履いていたらしい黒い革靴が見えた。汚れて、乱暴に脱いだせいか、甲の部分に深い一本の線が入っている。川島さんが満身創痍で働いてきた証みたいに見えた。次に来たときには、靴を磨こうと思った。

「また、近いうちに来ます」

川島さんが目を閉じた。じゃ、と立ち上がった俺に、川島さんがひらり、と一度、手のひらを振った。

「さ、食べよ食べよ。うまくいかないときはうまくいかないものよね！」

エプロンの端で涙を拭きながら、おふくろは取り皿に山盛りの料理を取り分けた。

そんなおふくろを俺と兄貴は黙って見ていた。お盆には必ず家に来い、とおふくろから呼び出され、実家に来てみると、テーブルには三人では到底食べきれないくらいのごちそうが用意されていた。巻き寿司やいなり寿司、唐揚げ、クリームシチュー、海老のチリソース、どれも俺と兄貴の好物ばかりだった。

お盆ってこんなふうにごちそうを食べる日だっけ、と思いながら、おふくろは何かしら強引に理由をつけて、俺と兄貴を家に呼びたかったのだと思った。おふくろは瓶ビールの栓を抜き、俺と兄貴のグラスについだ。

家に来て早々、兄貴が、もうみひろといっしょに住んでいないこと、結婚はなくなったこと、そんな話を始めた途端、おふくろは泣き出した。俺だって、里沙さんとシヨウが、だんなさんと暮らすことを話すつもりだったのに、先を越されてしまった。

「結婚してから、もうだめだってわかるんじゃなくてよかったじゃない。あたしだって、結婚する前、あんなにお父さんが浮気するなんて、ぜんぜん知らなかったわよ……。誰にでもいい顔して、あっちの女、こっちの女って」

言いながら、仏壇の親父の遺影をにらみつける。お盆だというのに、とばっちりを食わされた親父もたまったもんじゃないだろう。おふくろは自分の作った料理を食べながら、親父の悪口を言い続けた。

「最近、ショウ君だってこの家に寄りつかないから、もうあたしさびしくて」

「ショウはもう来ないよ」小皿を持ったまま、おふくろが俺の顔を見る。

「……里沙さん、前のだんなさんとよりを戻したんだ」

ひ――、と声を出しておふくろはまた泣き始めた。兄貴が俺の顔を見た。

「あんたたち、二人して、もう、いい歳なのに、なんでよ。これからどうすんの」

箸を投げ出して、テーブルに突っ伏し、おふくろが本格的に泣き始めた。しばらく兄貴がなだめたが、おふくろは突然立ち上がり、もう寝るわ、と言いながら、和室にこもってしまった。子どもの頃、親父の浮気がばれたときと同じだ。現実を強制終了させてしまう。兄貴と同じ日にそんな話はしたくなかったけれど、仕方がない。

「ここで話してても母さんがうるさいだろうから、奥で飲むか」

食べかけのごちそうはそのままに、何本かの缶ビールを手に兄貴の部屋に入った。兄貴の部屋と隣にある俺の部屋は同じ四畳半で、俺たちが暮らしていたままの状態で残されていた。

兄貴が窓を開け、その下に座った。商店街を覆うかまぼこ形のプラスチック板は、じっとりと湿気の多い夜空をも塞ぐようで、余計に暑苦しい。兄貴と二人だけで話すなんて何年ぶりだろう。俺は畳の上に座りながら、どこか緊張していた。

兄貴がデニムのポケットの中を探り、小さく折り畳んだ紙を俺に渡そうとした。

「みひろの、アパート。……ここに書いてある」

「ほんとに、それでいいのか？」

「仕方ないよ。もう全部終わったことなんだから」

冷静なその顔を見て頭にかっ、と血が上った。差し出された小さく光る紙片を見て、言うつもりはなかったことが口をついた。

「……俺はさ、俺、兄貴と暮らし始めたみひろと一度」言い終わる前に、兄貴にTシャツの襟をつかんで立たされ、頰を殴られた。口のなかに鉄の味が広がる。

「兄貴がちゃんと見てないからだ。だからだめになったんだ。あいつは悩んで悩んで、なんにも言えなくなって、兄貴から逃げて俺んとこ来たんだ」

兄貴がもう一度俺を殴ろうとする前に、ポロシャツの襟をつかみ揺すった。兄貴の頭がぐらぐらと揺れる。

「おまえが、おまえが、みひろと向き合わないからだろ。おまえは、あいつのそういうとこ全部無視して、言わせないようにして、なんにも見てないだろ。自分の都合ばっかじゃねえか。死ぬほど好きになった女なんだろ。かっこつけてんじゃねえよ。なんで大事にしてやんないんだよ。途中でほっぽり投げやがって」

片手で襟をつかんだまま、兄貴の頬を殴った。思っていた以上に力が入ったようで、兄貴の体が畳の上に崩れ、眼鏡が部屋の隅に吹っ飛んでいった。拳を握りすぎて、手のひらに、自分の爪がくい込んでいた。手の甲に、いつまでも兄貴の頬の骨のかたさが残る。

「向き合ったさ。出てったみひろに、何度も土下座して戻ってくれと頼んだ。だけどさ、あいつの気持ちはもう俺にはないんだよ。どこにも」

兄貴が口の端からこぼれ出た血を、手の甲でぬぐいながら立ち上がって言う。

「最初から、みひろの気持ちが、おまえにあることなんて知ってたよ。だけど、みひろはそのことに気がついてなかった。俺はおまえみたいに馬鹿じゃないから、あいつが俺のほうを向くようにした。おまえが怖じ気づいてあいつに気持ちを伝えるのを迷ってる間に」

もう一度、兄貴を殴った。こんな喧嘩、子どもの頃はよくあった。兄貴を殴るなんて何年ぶりなんだろうと、兄貴の流す鼻血を見ながら思っていた。

「子どもが……」肩で息をしながら兄貴が口を開く。

「俺はみひろとの子どもがほんとうに欲しかったよ。……みひろと家族になりたかった。流産してほっとしたような、みひろの顔見てる、俺の気持ちなんか、おまえにわからないだろ」

つかんでいた襟を力まかせに離した。その勢いで兄貴の体が畳の上に転がる。

「……おまえには、絶対に、一生わからない」

大の字になった兄貴が拳を開いた。さっきの小さな紙片がそこにあった。

「おまえだって死ぬほどいやだ。だけど、自分の知らない男だったら、もっとやなんだよ」

俺が兄貴の手のひらのなかから紙片をつまみ上げると、兄貴は手のひらで顔を覆って泣き出した。廊下のほうで音がしたような気がして振り返ると、おふくろがドアのところに立っていた。

「あんたたち、いい加減にしてよ。お盆で、お父さんだって帰ってきてんのよ」

どこからかはわからないが、俺たちの会話は聞こえていたはずなのに、さっき、親父の悪口を言った口で、すっとぼけたようなことを言う。それもまた、子ども時代のおふくろのままだった。目に入れたくない現実は無視して、おふくろだって、ずるずると、親父の浮気を許してきたんじゃないかと思った。だけど、兄貴も、俺も、いったい誰が、それを責めることができるだろう。

しつこい残暑が続いたけれど、九月の終わりには秋、と言ってもいいような涼しさがやってきた。里沙さんとショウは、転校先の二学期が始まる前にこの町を出た。兄貴は九月の頭に大阪に転勤になった。おふくろがさびしすぎて死んじゃう、とわめくので、俺はアパートを引き払って、渋々、実家に戻った。

川島さんが亡くなったのは一週間前のことだ。入院していた病院から親父が入院していたがん専門病院に転院し、そこからはあっという間だった。たくさんの人に見送られたいい葬式だった。柩(ひつぎ)にとりすがるようにして泣いている女の人がいて、それが奥さんだったのかどうかはわからないけれど、川島さんにもあんなふうに泣いてくれる人がいたんだ、と少しほっとした。

兄貴に渡された紙片はしばらくの間、俺の部屋の机の引き出しにあった。見るのが怖かったからだ。迷いに迷ったが、兄貴が大阪に行ったあと、一人で部屋で開いてみた。そこには住所なんか書いてなかった。「バカ」と一言書いてあった。あんのやろぉ、とそばに積んであった新聞紙の山を蹴(け)ろうとして、箪笥(たんす)の角に小指を思いきりぶつけた。

里沙さんとショウの住んでいた部屋は、清掃とリフォームを済ませて、いつでも人に貸せる状態になっていた。今日の午後も一人の若い女性を案内した。

「目の前が警察署と消防署なんで、女性の一人暮らしには安心かもですね」

つるつるとセールストークが口から出た。

あのときと同じだ。

気に入ったけれど、もう一件、別の不動産屋で気になる物件を見たいから、と、女性はすぐに部屋をあとにした。女性が出て行ったあと、もう一度、部屋をチェックした。リフォーム後にもチェックはしたが、業者が短時間で荒い仕事をすると、時間が経つにつれ、壁紙の端が小さくめくれたり、塗装が剝がれてくることがあるからだ。一通り部屋の中を見て、サッシを開け、ベランダに出た。

消防署には、赤い消防車が仲良く二台並んでいる。そのとき、何かが目の端で揺れたような気がした。目をやると、ベランダの端、配水管の裏にある、ねじの出っ張りに、赤い何かが引っかかっている。それが風で揺れていた。手を伸ばして捕まえる。

あの日、海のそばの出店でショウに買ってやったハッカパイプだった。プラスチックの色が褪せ、口でくわえるところに、くっきりと歯の痕があった。覗くと、中の薄荷糖はすっかり無くなっていた。里沙さんに怒られるかもと心配して、こんなところに隠したのかもしれない、と思った。ハッカパイプを外して、ポケットにしまった。サッシをしめて、もう一度、部屋を見回す。里沙さんとショウと、俺と、三人の時間がまるでなかったかのようながらんとした部屋をもう一度、見て、靴を履き、部屋を出た。

商店街は相変わらず不景気で、閉店する店も多かったが、賃料も安くなったため、閉めた店のあとに、ワカモノ向けの雑貨屋やエスニック料理の店がぽつぽつと入るようになった。煙草屋の店先に寝そべっていた猫は天寿を全うし、もう何代目なのかもわからない、小さなまさこが、同じ場所で腹を出して眠っていた。

午後八時過ぎ、やたらに時間をかけて間取り図を見るカップルがやっと帰ったあと、ふーっとため息をついて店を片付け、シャッターを閉めた。おつかれさん、と、俺に声をかけて通り過ぎる、金物屋の親父にあいさつをして横を向くと、商店街の向こうに、見覚えのある背中が見えた。違うかもしれない、と思いながら、もう足は動いていた。名前を呼ぶが気がつかない。もう一度、大きな声で呼んだ。その名前を口にするのは久しぶりだった。足を止めて、振り返り、こちらを見る。目が合ったような気がしたので手を振った。ぎょっとした顔で俺を見ている。俺が足を進めると、向こうもゆっくりとこちらに歩き出す。

顔は笑ってはいない。少しずつ近づき、二人の距離が縮まって、俺とみひろが向き合ったのは、シャッターを閉めた松沢呉服店の前だった。声をかけ、近づいてはみたものの、何と言っていいかわからず、俺たちはただ、見つめあっていた。みひろの腕が伸びて、俺のシャツの左胸のあたりを、くしゃりと握った。その手をとって引き寄せた。こんなに小さな女だっただろうか、と思いながら、商店街のど真ん中で、俺たちは抱き合った。自転車に乗った塾帰りの中学生男子の集団が、ひゅーひゅー、と言いながら通り過ぎる。また始めてもいいのだろうか、と迷いながら、腕のなかのみひろの温かさを感じていた。

見上げると、頭の上には、ビニールでできた原色の薄っぺらい飾りが揺れている。その安っぽさと、ださ+さが、俺にはとても近い存在に思え、そして同時に、俺には到底近づくことのできない、なんだかとても偉大なものに見えた。みひろも俺の腕の中で顔を上げた。夜の商店街の真ん中で、水草のような、その不規則な動きを、いつまでも俺たちは見ていた。

瞬(またた)きせよ銀星

最初に感じたのは、ソースの香りだった。

一度入ってしまえば二度と出られなくなりそうな地下街を、カートを引っ張りながら歩いていると、どこからともなくソースの香りが漂ってくる。たこ焼きやお好み焼きを売る店から流れてくるのだ、ということはわかっていても、つられて思い出すのは、こどもまつりで食べたソース焼きそばや、ソースせんべいのことで、結局、自分の記憶は、それを食べていた子ども時代の思い出にどうしたってつながっていってしまう。センチメンタルな記憶に浸ることが、自分の体力や気力を削いでいくことはわかっている。それ以上、追いかけてはいけない、そう思ってはみても、口のなかで小さくなっていく飴玉を転がすように、名残惜しく、いつまでもその記憶を反芻している自分がいる。

仕事で何度か来たことはあるけれど、そのとき訪れたのは仕事先と、ビジネスホテルの小部屋だけで、自分はこの町のことをよく知らない。すれ違う人が、年寄りも子どもも、自分とは違うイントネーションで言葉を話していること、エスカレーターも動く歩道も、東京とは反対側に立つことを思い出しながら驚いたりして、この町で暮らして仕事をする自分のこれからが、着慣れない服を無理矢理着せられているような違和感と、かすかな不安とともに始まっていくことを改めて思い知らされる。それでも、急な転勤の話を抵抗することなく受け入れたのは、自分が生まれ育った場所から、遠い町で暮らしてみたかったからだ。

いや、違う。逃げたかった。

チョコレートでコーティングされたようなつやつやの電車に乗り換え、川を渡る。先月、日帰りで下見に来て、三つの町の、三つのマンションを見た。東京に比べれば家賃はどこも驚くほど安いし、どこも同じくらい通勤には便利だった。住む場所はどこでもいい、と思っていたくせに、改札口から続く長い商店街のある町を選んでしまったことに、心のどこかで苦笑している自分がいた。

金曜日の夕方近く、まだ日は暮れていないが、すれ違うおじさんたちは、もうすっかり酒臭い。自分の頭がぶつかりそうなガード下を抜け、マンションに続く道を歩く。

「こっちはずいぶん暑いさかいな。慣れんうちは、気つけんと負けるで」

マンションの下見に来たときに転勤先にも挨拶に行った。上司にあたる内浦さんはでかい声でそう言って笑った。何に負けるんだろう、と思いながら曖昧に笑っていたけれど、確かに東京とは暑さの質が違う。高熱をはらんだ空気の、ぶあつく、ねばねばとした膜にのみこまれていくようだ。後頭部を流れていく汗をハンカチでぬぐいながら、マンションのエレベーターに乗った。

単身者向けの新築マンションは、外も中も、どこも不自然に白い。どこからも生活音らしき音は聞こえない。その廊下にカートのごろごろ音を響かせながら、八階の角部屋のドアを開ける。引っ越し荷物が来るのは明日の予定で、部屋にはまだ何もなく、がらんとしている。熱気の満ちた部屋にあがり、カーテンのついていない掃き出し窓を開けた。駅を降りて自動販売機で買ったペットボトルのミネラルウォーターを手にして、靴下のままベランダに出た。オレンジ色の火球みたいな太陽が、左側の空にゆっくり沈んでいく。こんなに広い空を見たのは久しぶりのような気がした。

東京から新幹線で二時間半。在来線に乗り換えて三十分。駅から徒歩五分。この町で、始める。けれど、リセットできる気力は、自分のどこを探しても見つからないような気がした。

気つけんと負けるで。内浦さんの言葉をふいに思い出す。そう言われてもあんさん、うちは、もう負けっぱなしでんがな。めちゃくちゃな関西弁をひとりごちながら、すっかりぬるくなったミネラルウォーターをのむ。傾いた水がペットボトルのなかでたてる、とぷん、という音に、耳をすます。

「南北に走る道を『筋』、東西に走る道を『通り』て言うんや。けどな、商店街は筋も通りも、どっちも使うことあるけどな」

出社一日目、内浦さんは、エレベーターの中でそう言った。多分、こっちに転勤になった社員には同じことを言ってるんだろう。ふたつの川に挟まれたビジネス街にある高層ビル。その三階と四階が会社のオフィスになっていた。窓際(まどぎわ)にある会議室、机の上には山のような資料が積まれている。僕がかかわる仕事について、ひとしきり説明を終えると、内浦さんは立ち上がって、窓の外を指差して言った。

「あそこな、焼け残ったんやで。こないだの戦争でな」

指差す先を見ると、焦(こ)げたトーストのような色をした古めかしいビルが見えた。ギャラリーか、喫茶店か、その外観には似つかわしくない派手な手描きの看板が入口に掲げられている。話はあちこちに飛ぶが、内浦さんなりに、自分にこの町のことを教えてくれているらしかった。

僕がチーフとして参加するプロジェクトの話をしばらくしたあと、内浦さんは僕を連れて会議室を出、同じチームのメンバーに僕のことを紹介してくれた。皆、パソコンから一瞬目を離し、腰を上げて、軽く会釈(えしゃく)をすると、またすぐに自分の仕事を再開した。

「仕事はなんも難しことあらへん。東京とおんなじや。なかなか家に帰れんことも、納期が近づいたら、会社に寝泊まりすることも。家庭が崩壊するとこもみんないっしょや。……ほな、めしでも行こか」

まじめな顔でそう言い、僕の返事を聞かずにフロアを出て行こうとする内浦さんの背中を追った。空調の効いたビルから出た瞬間、痛いくらいの太陽の熱が、半袖(はんそで)シャツから伸びた僕の腕を焼く。

「いつまでもこない暑うてかなわん」

こちらが返事をしてもしなくても、独り言のように言葉を口にするのが内浦さんの癖らしかった。横断歩道の信号が青に変わる前に内浦さんは歩き始める。東京で何度も聞かされていたこの町に住む人のせっかちさは、絵に描いたようにほんとうなんだなぁ、と、ぼんやり思いながら、道路を渡った。

内浦さんが連れて行ってくれたのは、横道を入ったところにある間口の狭いうどん屋だった。内浦さんと同じ、きつねうどんとどんぶりのセットを頼み、湯呑(ゆの)みに入った冷たい麦茶を飲んだ。内浦さんは、白いおしぼりを広げ、眼鏡を外して顔をごしごしと拭(ふ)いた。左手の薬指に銀色の指輪が鈍く光っている。頬が丸い下ぶくれの顔に、ぼさぼさの眉毛(まゆげ)とおちょぼ口。映画やドラマでよく見かける脇役(わきやく)俳優に似ている、と思ったが、名前が思い出せなかった。僕より五歳上と聞いていたが、その顔はもっと年上に見える。すぐにやってきた、うどんとどんぶりに内浦さんが箸(はし)をつけた。

「あぶ玉丼(どん)いうてな、きざんだお揚げさんとねぎを卵でとじた丼や。東京にはないやろ」

「……確かにそうですね」

「ここの名物や」

「へーっ」と、やや、オーバーに返事をすると、

「嘘(うそ)や。京都のもんや」

表情を変えずに内浦さんがどんぶりをかっこみはじめた。ふっ、と息を吐いて、僕もうどんを食べる。熱いうどんは冷房で冷え切った体にしみていくようにうまかった。どれほど薄味なのか、とも思ったが、東京で食べるうどんとそれほど味は変わらない。味のしみた油揚げをかむと、だし汁が口のなかにじゅっ、と広がった。

「池内君、彼女おるん？」

「いえ……今は」

「池内君みたいなイケメンやったら入れ食いやろ。そか。今度ええとこ連れてったるわ。歓迎会も、もちょっと先までできんからな」

そう言ってまた、丼のなかに顔をつっこむ。ぐいぐい近づいてきたり、ぱっと遠ざかったり、内浦さんの距離の取り方にまだ慣れない自分がいた。東京の会社にはいない感じのタイプだ。すっかり内浦さんの手のひらのなかで弄ばれているような気もしたが、悪い人じゃないんだろうと思った。

内浦さんの言うように、仕事そのものにはすぐに慣れた。忙しければ忙しいほど良かった。部屋に一人でいたくなかった。同僚と話さなくても、誰かのそばにいたかった。仕事があって、この会社にいられることが救いだった。平日はただ仕事に没頭していればよかったが、休日になると途方にくれた。一人分の洗濯も、ワンルームの掃除もあっという間に終わってしまい、時間が余ると、缶ビールばかり飲んでしまう。酔いつぶれては浅く眠り、とろとろと夢を見ては、うなされて起き、また、缶ビールを開けた。自分は元酒屋の息子だが、それほど酒には強くないのだ。休日明け、かすかに酔いが残ったまま会社に行くようになって、さすがにまずいと思いはじめた。外に出ないと。引っ越してから、自分のマンションと会社しか往復していないことに気がついた。

ガイドブックを一冊買い、観光をしようと思った。自分の住まいはもうこちらにあるのに観光というのも変だが、自分の今の立ち位置は、観光者と生活者の中間にあるような気がしたからだ。ひととおり、めぼしい観光地を訪れれば、ある程度気がすんで、この町で腰をすえて生活を始められるかもしれない。そう思った。

けれど、どこかよそいきの顔をしている新しいファッションビルが林立する場所には、なんの興味も湧(わ)かなかった。カラフルでぴかぴかとしたメインロードを歩いていても、どうやっても馴染(なじ)めない自分がいた。グリコの看板を見ても、テレビと同じだ、としか思えなかった。若いカップルに混じって歩いていると、自分がひどく歳(とし)をとったような気持ちになった。

一人になりたくてこの町に来たのに、ほんとうに自分は一人なんだ、ということを思い知らされると、これから先、一筋の光も射(さ)さないトンネルの中をただ進んでいくだけの人生が続いていくような気がした。

それでもほんの少し、息がつけたのは、通天閣の足元に伸びる横丁だった。

通天閣に上ろうと思って来たけれど、二時間待ちと聞かされてあきらめ、人でごった返した細い道の両脇に並ぶ店を眺めながら、ゆっくりと歩いた。通りのいたるところにあるビリケンさんの置物は、なんとなく内浦さんに似ているな、と思った。手垢で飴色に染まった将棋駒を皺だらけの手で動かすおじいさんは、自分が生まれた商店街の魚吉のおじさんにどこか似ていた。スマートボールが並ぶ遊技場は、商店街の旅行で行った温泉場を思い出させた。

ふいに空腹を感じて飛びこんだ店で、中ジョッキのビールといくつかの串揚げを頼んだ。ざくりと切られた生のキャベツを齧りながら、店内をぐるりと見回す。子ども連れが意外に多い。自分と同じくらいの年齢の父親が、煙草を手に、ベビーカーを揺らしている。幌を下げたベビーカーの中、赤んぼうの顔は見えないが、白くむっちりとした脚は見えた。隣にいる母親は、ぼんやりとした目で、枝豆をしきりに口にしては、莢を小皿に置く。父親と母親との間に会話はまったくないが、二人の間に漂う物憂い雰囲気すら、今の自分には手の届かないもののように思えた。

視線を落とした横顔が似ている、と思いながら、テーブルにやってきたばかりの串揚げを口に入れると、舌の先がちりり、と痛んだ。

「ほな、ええとこ行こか」

いつの間にか自分の後ろに立っていた内浦さんが、椅子に座っている僕の肩を揉みながらそう言ったのは、この町に来てから二週間後のことで、大きな仕事の目処がある程度ついてきた午前二時過ぎのことだった。同僚たちは気配を察したのか、「おつかれした！」と言いながら、さっさと席を立って足早にフロアを出て行く。一人取り残された僕を、内浦さんがビリケンさんのような細い目で微笑みながら見ている。

まるで誘拐されるように内浦さんにタクシーに押し込められ、十分ほど走って車が止まったのは、東京でいえば歌舞伎町のような猥雑なエリアの一角だった。フルスモークの黒のベンツやセルシオが並び、明らかにカタギでない雰囲気をまとった男たちが何をするでもなく道を塞いでいる。見上げると、五、六階建ての雑居ビルに掲げられた原色のギラギラしたネオンや看板が目に飛び込んでくる。キャバクラ、ショーパブ、セクキャバ。並ぶ文字を見ても、どういう意味で、どういう違いがあるのかわからない。ここがどこなのかもわからなかったが、かすかにドブのにおいがする。近くに川があるのかもしれないと思った。

「あ、ここやで」

そう言って内浦さんは一軒のビルに入り、その奥にあるエレベーターに乗ろうとする。

「ひと仕事終えたら抜かんとな」

飲み屋か何かだろうと、仕事で痺れたように疲れている頭でぼんやりついてきてしまったが、その言葉で、内浦さんが自分をどこに連れて行こうとしているのかがやっとわかった。いや、自分はできないんです、と言い返す勇気も、ここから逃げ出す体力も残ってはいなかった。そんな僕の気持ちなど知らず、内浦さんは、エレベーターが止まったフロアの廊下を大股で歩いて行く。黒いドアが並ぶ、廊下のいちばん端に、開きっぱなしのドアが見えた。ドアの横には『いたずらな子猫ちゃん』と蛍光イエローで描かれた小さなプレートが下がっている。だから、いたずらができないんだって。と心のなかで叫びながら、こういうときにうまく危機回避できない自分を呪った。風俗には生まれてから一度も行ったことがない。誰にも言ったことはないが、女は一人しか知らないのだ。

部屋に入るとピンポンとチャイムの音が響いた。正面のカウンターに内浦さんが近づくと、スキンヘッドに真っ黒なサングラスをした男が奥から出てくる。黒いジャケットの下に、骸骨の禍々しいイラストが見えた。いかつい風貌とは裏腹に、やけに甲高い声で男が店のシステムを説明しはじめるが、何を言っているのかよくわからない。

内浦さんは男の話を聞くでもなく一万円札を数枚、男に渡した。

「今日はな、おごりや」

僕の顔を見ずにそう言い、男がカウンターの上に出した薄いアルバムのようなものをめくっている。あるページを内浦さんが指で差し、男が無言で頷く。

「どの子もかわいいで。好きな子選び」

そう言うと、内浦さんはカウンターから離れ、パーティションで区切られた部屋の隅にあるソファに腰を下ろした。言われるまま僕もアルバムをめくる。どれもビキニ姿の女性だった。週刊誌のグラビアみたいに腰をひねって横たわっている。皆、若そうに見えるけれど、強いライトを当てているせいか、年齢がわかりにくい。写真の下には、名前、年齢、簡単な自己紹介、得意なプレイ、性感帯、NGプレイなどが書かれているが、書いてあることが頭に入ってこない。子どもの頃、夢中になって読んだ電車図鑑のスペックを読んでいる気分になる。どれでも同じか、何もできないならと思いながら、サングラス越しの男の視線を感じつつ、最初のページを指差した。男はまた無言で頷き、「7」と書かれた小さな紙片を渡すと、

「番号をお呼びしますので、しばらくお待ちください」

そう言いながら店の奥に消えて行く。部屋全体に漂う奇妙な圧力を感じながら、僕

も内浦さんの隣に腰を下ろした。ガラステーブルの上には、表紙が反り返り、裏にブックオフの値段シールのついた漫画が数冊、置いてある。内浦さんはシャツのポケットからフリスクを取り出し、口の中に放り投げた。

「終わったら、各自解散な」

言い終わる前に、内浦さんの番号が呼ばれた。

「ほなな、グッドラック」

立ち上がり、こちらを振り返りもせず、内浦さんはパーティションの向こうに歩いて行った。声だけが聞こえるが、女の姿はここからは見えない。

内浦さんがいなくなった途端、自分がひどく緊張していることに気づいた。手のひらを開くと、紙片が汗で濡れ、くしゃくしゃになっている。弟に渡した紙片のことを思い出した。つい、最近のことだ。バカ、と書いて渡した。バカはどっちだ。今の僕だ。

番号が呼ばれ、立ち上がる。パーティションの向こうに女が一人立っていた。ヒールのせいなのか、自分とそれほど背が変わらない。短いスカート、生足に金色のミュール、薄いピンク色のタンクトップ。金色に近い髪をゆるくまとめて、後れ毛が白い首筋にかかっている。化粧のせいで、小さな顔のなかで目だけがやたらに大きく見える。薄い茶色のカラコンで見詰められると少し怖いような気もした。にこにこと笑いながら僕を見ているが、さっきカウンターで選んだのはこの女だったか、と思う。

「なぁ、忘れもんしてんで」

ネイルの盛られた指の先を見ると、ソファの上に鞄が置きっぱなしになっていた。慌てて手に取り、戻ると、女はくすくす笑い、

「ミミです。よろしくお願いしまーす」と言いながら腕にからみついてきた。

安っぽい香水の香りで、大きなくしゃみが出そうになる。この店でどうにかするのかと思っていたが、違うみたいだ。そのことにどこかほっとしている自分がいた。女は腕を組んだまま、店を出て、エレベーターを降り、さっきと同じ賑わいが続く通りを歩いて行く。道の真ん中に派手にぶちまけられた吐物をよけながら、暗い裏道にあるラブホテルに入った。

「ミミです。ホテル入りました」

部屋に入ると、女が携帯で話しながら、ブランドものの黒いバッグから取り出したストップウォッチを押した。

「じゃ、お風呂用意しよか」

女は黒いバッグから、小さなビニールバッグを取り出し、バスタオルを抱えて浴室

に歩いて行く。水音が聞こえてくる。逃げ出すなら今か、と思いながらも、足は動かない。

「もう脱いでもええよ」

戻ってきた女は、そう言うと、後ろ向きになってするすると服を脱ぎはじめた。必要最低限の布でできている薄い紫色の下着を取ると、背中やおしりにうっすら下着の痕が見えた。素っ裸のまま、女は堂々と浴室に歩いていく。しばらくの間、ベッドに腰をかけていたが、気持ちを決めて、服を着たまま彼女のあとを追った。女は白いバスタブのなかに座り、自分の体にシャワーから流れるお湯をかけている。服を着たままの自分を女が見上げる。

「なんで？」

「……できないんだ」

何が、とも、誰が、とも聞かず、女はお湯を自分の首すじのあたりにゆっくりかけながら、僕から視線を外す。驚いているのでも、怒っているのでもない、何か考えているようで、何も考えていないような不思議な表情でどこかを見ている。お湯に濡れた小ぶりな乳房や黒い陰毛が見えたが、僕にとっては新幹線の窓の外に見える流れる景色と同じだ。

「まぁ……でも汗くらい流すわ。お風呂いっしょに入るくらいええやろ。……お金、もうもろてるしな」

化粧をしている顔にはお湯はかけていないが、湯気で目の下が黒く滲んでいる。僕は部屋に戻り、覚悟を決めて服を脱ぎはじめた。再び、浴室に戻ると、栓をしたバスタブにお湯がためられていた。入浴剤を入れたのか、お湯は白く濁り、女の腰から下が見えなくなっていることにほっとした。女の向かいにそっと足を入れる。

女はくすり、と笑いながら僕の眼鏡を外し、腕を伸ばして洗面ボウルのそばに置いた。

「……なぁ、とてつもなく変態とか、そういうん」女の言葉を遮って言った。

「違う。普通のが、できないんだ」

ふうん、と言いながら、女の手が伸び、僕の脛をさすった。お湯のなかでゆらゆらと揺れる性器に触れ、ゆっくりとこするが、当然、変化はない。

「でもな、多いで最近。そういうお客さん」

女の手はあきらめたように性器を離れる。僕の手をとった。僕の右手と、女の左手を合わせ、指の長さを確かめている。身長は高いのに、手は驚くほど小さかった。二十代後半くらいか、と思ったが、素性をあれこれ聞かれるのは嫌なんじゃないか、とふとそんな気がした。

「女に、怖い目にあわされたんやろな」

そう言ってバスタブの中に潜っていたシャワーヘッドを僕に向ける。胸に温かなお湯が流れていく。

「ほな、体、洗ってあげるわ」

いきなりお湯が頭から降ってきた。女はシャンプーで僕の頭を二回洗い、コンディショナーをつけている間に、手のひらにのせたバスジェルで擦るように僕の体を洗った。脇の下も、性器も、肛門も。なんで、そうしようと思ったのかわからないが、お返しのような気分で、僕も女の体を洗った。首の下も、耳の後ろも、乳房の下も。女もなすがままになっていた。つるつるとした皮膚がイルカを連想させた。

ホテルの分厚い白いタオルで体を拭き合って、裸のまま、二人でシーツにくるまり、仰向けに横になった。

「なぁ、十分くらい寝てもええ。起こしてくれる」

そう言って、僕の返事を待たずに脇の下に体を滑り込ませてきた。僕の腕を取り、そこに頭をのせる。すうぅっと一度、大きな寝息をたてて、女はすぐに眠ってしまった。目を閉じた女は自分の想像以上に若いんじゃないか、という気がした。枕元のランプが部屋をぼんやりとオレンジ色に照らしている。ブラインドを下げた窓の向こうから、くぐもった音で救急車のサイレンが走り去っていくのが聞こえる。目を開けたまま、エアコンの冷風で少しずつ冷えていく女の腕を擦り続けた。

十分後、眠った女を揺り起こすと、女は僕の体に細い腕を巻き付けてきた。起きないと。そう言う僕のくちびるに、女はくちびるを一瞬重ねたあと、またすぐに眠りの世界に戻ろうとする。シーツの中、左右の腿で、僕の腿を挟む。その場所が温かく濡れているような気がして、性的な意味でなく、どぎまぎとした。近くで見る女の顔はひどく疲れているようにも見えた。

知らない町の知らないホテルの小さな部屋で、今夜初めて会った女と裸で眠りながら、いったい自分は何をしているんだろう、と思った。

「どやった。あの店最高やろ」

会社のフロアの隅、自動販売機の前で、内浦さんは表情を変えずにそれだけ言い、紙コップに入ったコーヒーを熱そうに指先で持って、フロアの中に戻って行く。

窓際に立っていた同僚がにやにや笑いながら僕に近づいてきた。自分より半年前に、東京から転勤になった峰岸だった。

「この前、行ったんすか？」

あ、あぁ、と曖昧に頷きながら、ぬるくなったコーヒーを飲んだ。

「あの人、大好きだからなぁ風俗。単身赴任でやりたい放題。俺もひどい目遭って、ここに来たばっかりの頃。あの人に連れてかれた店で毛ジラミもらって。もう最悪っすよ」

へぇぇぇ、と興味深げに返事をしたものの、風俗、という言葉にも、毛ジラミ、という言葉にもどこか馴染めない自分がいる。性欲なんて、人それぞれだろうと頭では思っていた。けれど、学生時代も、社会人になってからも、他人のうちあけ話やうわさ話を耳にして、人によってその容量があまりに違うことに驚きながら、それを直視しなかった。セックスより、ほかにやることがあるだろう、簡単に我慢できることじゃないか、とそう思っていた。そうしようと思っても、そうできない人間がこの世にいることなど理解しようともしなかった。わかったふりをして、女や風俗に夢中になるまわりの人間を、心のどこかで軽蔑してもいた。

男ならまだ理解できても、女に性欲があることや、それを我慢できないことが、もっとわからなかった。女と男がイコールだと思いたくなかった。特に、自分の好きになった女は。

みひろとできなくなってからも、そのことを見て見ぬふりをした。二人がだめになったのは、セックスがないことが大きな原因だ、とごくりと飲み込めない自分がいた。セックスの欠けた部分など、ほかの何かで、例えば、愛という曖昧なもので、パテで埋めるように簡単に補修できると思いこんでいた。

自分が欲しかったのは、手に入れたかったのは、みひろとの家庭だ、みひろとの子どもだ。子どもさえできれば、なんとかなると思っていた。みひろが渇望していたセックスと、自分が欲しがっていた子どもが、自分のなかでつながっていなかった。みひろは、そんな自分から逃げた。そして、弟のもとに駆けこんだ。

バカなのは、自分か、みひろか、それとも弟か。何度もくり返しすぎて、思考は同じルートを辿ることしかできない。

空になった紙コップをくしゃりとつぶし、ゴミ箱に放り投げると、ポケットの携帯が震えた。母さんからだった。電話はすぐに切れ、すぐにかけ直したが応答はない。その前にも二度、留守電が入っていた。

「忙しいとこ悪いけど、電話くれますか」という母さんの声を聞きながら、窓の外を見た。空は、少しずつ紺色に染まろうとしていた。ぼんやりと薄く広がる雲はもう秋の気配で、その隙間に星がひとつ瞬いていたが、もちろん星の名前などわかるはずがなかった。

仕事のトラブルが起こり、東京の実家に再び電話ができたのは、それから一時間後のことだった。自動販売機の前で電話をかける。もう、窓の外はすっかり夜になっていた。

母さんは頑なに携帯を持とうとしない。万が一、何かあったときに不便だから、いい加減に携帯を買ってくれ、という僕と弟の要望を、携帯なんて浮気の道具じゃない。と、つっぱねた。誰が浮気するんだよ、おふくろかよ、もう呆けたのか、と弟はふざけながら言ったが、死んだ親父の度重なる浮気癖による傷はいまだに癒えていないらしく、浮気を連想させるものは持ちたくないのだ、と首を決して縦に振らなかった。

実家に電話をかければ、母さんか弟が出るはず、と思い込んでいたから、その声が聞こえてきたとき、間違って電話をかけたのかと思った。

「あ、今ね、お母さん、お風呂に入ってて」

お母さん、と言うのが自分の母さんだと気づくまで、しばらく時間がかかった。最後に聞いたときは「おばさん」ではなかったか。

「もしもし、圭ちゃん？」

もう二度と聞きたくなくて、それでも何度でも聞きたいと思った声だ。その声が自分の名前を呼んでいる。

「……みひろ、元気？」

呼び捨てにしていいものかと迷ったが、どうしたって「さん」はつけられなかった。

「うん。みんな元気だよ。お母さんも裕太も」

母さんはまだしも、弟のことなんか正直どうでもいい。

「圭ちゃん……仕事忙しいの？」

「……ん」

携帯を耳にあてたまま、ふらふらと歩く自分が窓ガラスに映っている。動物園の檻のなかで何をしたらいいのかわからず動きまわる熊みたいだ、と思った。

「ちゃんとごはん食べないとだめだよ」

なんでそんなこと言うんだろ。

「うん……」

「お母さん、お風呂入ったばかりだからもう少し時間かかるかな……」

鼓膜を震わせているみひろの声がどうにもたまらなくて、窓ガラスに手をついた。

「圭ちゃん、もう少しあとで、もう一度かけてね。じゃ」

自分がばらばらと欠片になって散っていくような気がした。男のプライドとか、人間の尊厳とか、そんなものを捨てて、土下座までして別れないでくれ、と叫ぶように言った女だ。それでもだめだった。そんな相手に仕事や食事の心配をされてる自分ってなんなんだ。なんで、今さら飯の心配なんかするんだ。その声は自動的に何度も自分の頭のなかで再生されて、フロアを転がりたくなるくらい苦しかった。

気がつくと商店街にいた。仕事を終え、近所の立ち飲み屋で焼き鳥を食べ、ジョッキのビールを立て続けに飲んでいたところまでは覚えてる。どこをどう歩いたのか、いつもの活気あふれる商店街ではなくて、今まで一度も自分が訪れたことのない場所にいた。深夜だから、というわけでなくて、どの店もずいぶん前に店を閉めているようだった。酔いで蛇行しながら歩き、通り過ぎる店の名前をひとつひとつ読んだ。なぜだか呉服屋がやたらに多かった。看板は傾き、どこから飛び出たのかわからない銅線がぶら下がっている。くすんだ色のシャッターの前に、何かを入れて丸く膨らんだゴミ袋が転がっていた。そこに頭から突っ込み、道路に座り込んだ。見上げると、うす汚れたアーケードが見えた。空を塞いで、雨をよけて、人を集めて、最後はこのざまだ。自分が生まれた商店街だって、いつかこうなる。老いて死んで行く末端の血管のように、人も物も通らなくなる。

遠くのほうに自分と同じように道に蹲るホームレスが見えた。男か女かもわからない。セックスもできず、好きな女とも結ばれない自分には、段ボールで自分のまわりを囲って残飯をあさる、そんな人生が待っているような気がした。自分の腕を自分で抱きしめて、泣こうとしても涙は出なかった。誰かに抱きしめてもらいたかった。ふいに頭に浮かんだのは、ミミ、という名前だった。

会社を出たのは、午前三時を過ぎていた。

金曜日の夜、内浦さんに連れて行かれた日の記憶を辿って、その店を見つけた。

この前と同じ男に、ミミを指名した。待合スペースにやって来たミミは、あの日と同じように僕を見てにこにこと笑い、腕を組んで店を出て、この前と同じホテルに僕を連れて入った。部屋に入るまでミミは何も言わない。店に携帯で電話をすると、黒いバッグをベッドの上に放り投げた。

「もう、できるようになったん？」

「……覚えてるの？」

「あんたのちんちんも覚えてんで。あんたのふにゃちん」

そう言ってくすくすと笑い、ベッドの上に大の字に寝っ転がった。裾がほつれているホットパンツ、タンクトップの上に、オフホワイトの緩く編んだニットを着ている。今日はカラコンを入れていないせいか、この前見たときよりも幼く感じる。

「なぁ、こんなんもったいなくない？　やらへんのに高いお金払て」

「……でも、できないから仕方ないよ」

「じゃあ、なんでまた来たん？」

抱きしめてもらいたいから、とはどうしても言えず、黙っていた。

「ストーカーみたいなん怖いやん。うちになんかしたら、怖いお兄さんに淀川に沈められるで」

ミミが髪を指に巻きつけながらこっちを見る。

「そんなことは絶対にしない」

まじめに答えると、

「冗談や。……ストーカーとかDVしそうな男は見たらわかるもん。やさしそうでも、目ぇが変なふうに光るからあいつら」

そう言ってまたくすくすと笑った。

「なぁ。うち、あんたで今日、最後やねん。ここで一眠りしたらコーヒーでも飲まへん」

あくびをしながら言い、ニットを脱いでタンクトップ一枚になって、シーツの中に体を滑りこませる。僕もスラックスだけを脱いでミミの隣に横になった。その瞬間、ミミがシーツの中に潜り、僕のトランクスを剝いだ。抵抗する暇もなく、性器がミミの口の中に飲み込まれる。白いシーツが盛り上がり、うごめく。粘膜の熱だけを感じるが、もちろんなんの変化もない。

しばらくすると、はぁ、あつう、と言いながら、ミミがシーツから顔を出した。

「ちょっと試してみたかっただけや。気にせんといてな」

「ごめん……」

「なんで、あんたがあやまるん。……薬とか試したことあるんやろ？」

この前みたいにミミは僕の腕に頭をのせながら言った。みひろに言われるまま病院に行き、薬を試してみたこともある。確かにセックスはできたが、終わったあとには二人、無言になっただけだった。壊れかけた関係まで治す薬ではないのだから当たり前だ。

僕が無言で頷くと、

「セックスなんかもうええやん。うち、もう一生分のちんちん見たし」

そう言い終わる前に、もう寝息をたてていた。その寝付きの良さが若さを感じさせた。折れそうな細い腕をさすりながら、セックスなんかもうええやん、という言葉が妙にずしりと胸にのしかかっていた。窓の外はすでに白々と明けつつあって、僕は眠れないまま、部屋の天井を見つめていた。

一旦店に寄ったミミを待ち、タクシーに乗り込んだ頃には、もうすっかり夜が明けていた。

ミミがタクシーを停めたのは、その中心にテニスコートがいくつかある公園で、僕の職場にも近かった。まわりにはワンルームマンションが並んでいる。会社の誰かに見られたらどうしようと少し不安になった。欅の間の道を歩いて行くとバラ園の表示が見えてきた。くったりと、半分枯れかかったようなバラに、スプリンクラーが水をまき散らしている。灰色の作業服を着た老人が竹ぼうきで園内を掃除していた。ミミが近くのコンビニで買ったのはコーヒーではなく缶ビールだった。ミミは一本を僕に手渡した。

「もう店、来んでもええやん。せえへんのやったらお金の無駄や」

立ったまま、ぐびぐびと喉を鳴らして一気に飲んだあとに、ミミはそばにあった木のベンチに座って言った。僕は鳩の糞が気になってベンチには座らず、ミミの前に立った。

「うちと友だちになろうや。仕事ばっかりして友だち一人もおらへんうち」

友だち、という言葉が妙におかしくて口元がゆるんだ。

「なんで、笑うん？　あんたもおらんやろ。そういうタイプやん。腹を割ってなんでも話せる友だちなんておらんやろ。あんたに」

そう言われて黙った。図星だったから。

「うちはあんたにセックスしてぇ、なんて迫らへん。友だちやもん。うちかて仕事以外でそんなこと考えるの疲れるわ……携帯」

ミミが小さな手のひらを僕に向ける。

「何？」

「番号教えといたるわうちの」

ミミは僕が差し出した携帯を奪うように受け取り、自分の名前をまじめな顔をして打ち込んでいる。ミミが打ち込んだ画面を見ると、京子という名前だけが見えた。ミミじゃないのか、と思いながら、京子が差し出した携帯に自分の名前と番号を打った。

「け、圭祐？　圭ちゃんやな。かわいい名前やな」

圭ちゃん、と呼ぶその声もイントネーションもみひろとはずいぶん違う、と思いながら、ぬるくなって、やけに苦く感じるビールを飲んだ。

その日から唐突に、というか強引に、京子とのつきあいが始まった。とは言っても、お互いの生活時間は最初からすれ違っていたから、どこかに出かけたりすることはできなかった。週に一度か二度、京子は仕事が終わる時間になると僕の携帯に電話をかけてきて、僕も仕事が終わりそうであれば、京子をタクシーで拾った。たいていは朝までやっている飲み屋で、安い酒を飲み（僕と違って、いくら飲んでも京子は酔わなかった）、僕の部屋に来て、同じ布団で眠った。翌日、僕が仕事のときは、京子もいっしょに起きて、僕とともに部屋を出た。

京子はいつも僕とは反対方向の電車に乗ったが、その方向に京子の家があるのかも、何をしに行くのかもわからなかった。京子の姓も、いくつなのかも知らなかった。京子が話すのは、大抵は店にやってくる客の悪口で、僕はそれをただ頷きながら聞いていた。京子が話すこの町の言葉は心地いいメロディーのように耳をくすぐった。京子の話す言葉をいつまでも聞いていたかった。時々、京子のイントネーションがうつって同じような言葉を話すと、

「いんちきくさ。きもっ」と京子は笑った。

京子が友だちなのかどうかはわからなかったが、京子といると、自分はこの町に少

しずつ馴染んでいる、という気がした。この町で自分は一人じゃない、と思えることがうれしかった。京子は自分とこの町をつなぐ何かだった。そして、京子を自分の腕のなかに抱いて寝ていると、女の、というより、人間のぬくもりのようなものを、自分がどれほど貪欲に望んでいたのか、それを思い知らされた。

「なぁ、うち、圭ちゃんといっしょに明日行きたいとこがあるねん。うちが日曜日によう行くとこ」

京子がそう言ったのは、友だちづきあいが始まって一カ月が過ぎた頃だった。気づかないうちに秋は深まり、かすかな冬の気配が空気や風に混じりはじめていた。早朝、まだ酔いの残る頭で電車に乗せられた。どこに行く、とも京子は言わなかった。降りた地下鉄の駅は、最初に連れて来られた公園からそう遠くない場所らしかった。橋を渡り、角を曲がる。このあたりも戦火を逃れたのか、古い建物がいくつか並んでいる。

「ここや」

京子が指さしたのは、煉瓦造りの大きな教会だった。口を開けたまま、塔が伸びるゴシック風の建物を眺めていると、礼拝堂の扉を開けて、京子が中に入ろうとしている。その背中を慌てて追った。

「勝手に入っていいの？」

京子に息をひそめて聞くと、

「教会やで。来る者拒まずや。誰が入ってもええんやで。うちみたいな風俗嬢が入っても怒られへん」

とほんの少し馬鹿(ばか)にしたような口調で言った。

礼拝堂の中には誰もいなかった。教会という場所に生まれて初めて入った。

最初に目に入ったのは右手にある巨大なパイプオルガンだった。垂直に伸びる銀色のパイプが窓からの光を受けてまぶしく光っている。中央の祭壇には、金色の十字架が見えた。祭壇前に並んだ木のベンチには赤紫色の薄いクッションが敷かれている。左側の窓には花の描かれたステンドグラスがはめられているが、右側の窓はごく普通の白いガラスだった。きょろきょろとあたりを見回す自分とは裏腹に、京子は、礼拝堂の一番後ろのベンチに座り、目を閉じ、慣れた手つきで十字を切って、手を合わせている。その隣に僕も腰を下ろした。

目を開けても何も言わず、京子は前を見ている。しばらくすると口を開いた。

「この教会な。地震のときに塔が崩れたんやて。ここの床もな、ずいぶん沈んでしもて」

「地震？　この前の……」

京子が僕の顔を見て長いこと考えている。

「あ、あぁ……この前のと違う。うちが二歳のときの地震や」

それが阪神・淡路大震災のことだとわかるまで、今度は僕のほうが時間がかかった。だとすると、京子は今、二十歳か。頭のなかでくるくると計算をしていた。想像よりもさらに若い京子の年に驚いている自分がいた。

「みんなで募金してな。お金が貯まるとステンドグラス作んねん。うちも募金してるんやで。ほんの少しやけどな」

そう言いながら、窓のほうに顔を向け、

「うち、きれいなもんが好きや」と、ぼんやりとした声で言い、僕の手を握った。

仕事をしているときのような濃いメイクでない、ほとんど素顔に近い京子は確かに二十歳そこそこの女に見えてくる。立ち上がった京子に続いて僕も礼拝堂を出た。目を射るような秋の光にあふれた外に出ると、京子が目をぱちぱちさせて言った。

「圭ちゃんの、ちんちん治るようお祈りしといたしな」

どうして自分がそんなことをしたのかわからなかったが、冗談めかして言う京子を抱きしめていた。どこで生まれて、どんなふうに育ってきたのか、なにもわからない一人の女を。

「風俗なんかもうやめちゃいな。男のために働くのなんかやめな。自分のお金、自分のためだけに使いな」

京子の手が僕の背中を彷徨(さまよ)っている。しばらくすると、小さな手のひらが僕の胸を押しのけた。

「できること、ほかにあらへん。頭も悪いしな、うち……」

京子は僕から目を逸(そ)らした。視線は、僕を越えて、どこかを彷徨っている。

「圭ちゃん……風俗とか、悪い仕事やと思てるん?」

再び、僕を見た京子の目には強い光が宿っていた。かすかな怒りを含んだ目だ。

「汚い仕事やと思う?」言い返すことができなかった。

「うちのお母さんもそういう仕事でうちを育てたんやで……キャバレーとか風俗とか」

お父さん死んでからな。一人で。京子が目を伏せると、睫(まつげ)が目の下に影をつくる。

「圭ちゃんもほかの男と変わらんな……違うと思てたけど」

僕の腕をふりほどいて京子が歩き出す。背中がどんどん小さくなる。腕を上げ、橋のたもとにやって来たタクシーを停めて、京子はどこかに走り去って行った。取り残された自分は教会の前に、呆然(ぼうぜん)と立っていた。仕事をやめろ、と言うのは間違いだ。

一人の男として自分と向き合ってほしい、と言うべきだった、と気づいたのは、いつの間にか自分の前に立っていたおばあさんが、「だいじょうぶかあんた。顔色悪いで」と僕の顔を見て言ったあとだった。けれど、セックスもできない自分に、一人の男として、などと言う権利があるのか。その問いが自分をきつく締めつけていた。

予想どおり、京子からの連絡はぷつりと途絶えた。

季節は本格的に冬になり、年末に向けて仕事のゴールは見えていたが、トラブルが続いた。仕事の進め方で同僚たちと何かとぶつかることが多くなった。

「ここではそんなやり方せえへん。東京とは違うで」

そう言われてかっとなり、思わず椅子を蹴った。内浦さんがおろおろして皆をなだめ、僕の腕を引っ張って、フロアの隅に連れて行き、

「ここでいらいらしたらあかんて。な。仕事終わったらまたええとこ連れていくさかい。な。抜いたら落ち着くやろ」と耳打ちした。

僕が何も言わず内浦さんを睨むと、

「殺し屋の目やで。それ。あかんて」とわざとらしく体を震わせた。

毎日は単調に過ぎて行った。マンションと会社だけを往復した。仕事を終えたあとは、酒臭い親父たちに混じり、立ち飲み屋で酒を飲んだ。同じような赤い顔をして酒臭い息を吐いていると、同じ風呂につかっている気分になって寂しさはその時だけ紛れた。

そんな日が続いたある日の夜、仕事を終えてマンションに帰り、郵便受けに溜(た)まりに溜まった新聞や郵便物を苦労しながら抜き取っていると、後ろから肩を叩(たた)かれた。

「おつかれい」

振り向くと弟の裕太が立っていた。なんでおまえがここに、と言う前に、

「なんか俺、腹が減りすぎて吐きそうなんだけど」と泣きそうな顔で言われた。

仕方なく、今来た道を戻り、商店街のなかにある串揚げ屋に裕太と二人、歩いて行った。

「なんで電話しないんだよ」

「いや、俺、何度もしたけど……」

そう言いながら、テーブルの上に置いた携帯を指差す。裕太からの着信が何件も入っていた。ビールのジョッキで乾杯をした。裕太とこんなふうに二人だけで酒をのむのは初めてで、お互い口数少なく、お通しの漬け物をただぽりぽりと囓(かじ)った。裕太は

テーブルの上にあるソースの入ったプラスチックのタッパーや、食べ終わった串を入れる茶色い壺を珍しそうに見つめている。

「ほんとに書いてあるんだな二度づけ禁止って」

独り言のようにそう言って、もうすっかり残り少なくなったビールをのみ干し、二杯目を注文した。何か言いたいことがあるんだろう、それを言いにこの町まで来たんだろう、ということはわかっている。それがみひろに関係していることも。けれど、話の糸口など作ってやるもんか、と意固地になって、黙ってビールをのみ続けた。

テーブルにやってきた揚げたての串揚げの先をソースに浸し、裕太はすぐに口に入れた。あちちちち、と言いながら、一度口に入れた串揚げを出し、またビールをのむ。親指でくちびるの上についた泡を拭き取り、口を開いた。

「なんか兄貴痩せてねえ？　仕事ちょう忙しい感じ？」

うん、と頷きながら、裕太の顔を見る。二歳下の弟。小さな頃は似ている似ている、と誰からも言われたが、今、二人の顔を見て似ている、という人はいないだろう。同じ町、同じ家、同じ両親の元に生まれても僕と裕太はまったく違う。子どもの頃から、言いたいことを言って、器用に立ち回って、誰からも愛されていた弟。僕からみひろを奪っていった弟。

「もう絶好調だよ。はしゃいではしゃいで。結婚が決まってから」

しまった、という顔で裕太が僕を見た。

「ごめん……ちゃんと話すつもりだったんだけど」

そう言いながら、黄色いおしぼりを畳み、テーブルの水滴を拭き始める。

「ここまでおまえが来たんだから。そういう話だろう」

おめでとう、とも、わかった、とも言えなかった。そこから二人、もうおしまいにしたいんやけどええやろか、と店主に言われるまで、ただ黙って、注文したつまみを食べ、ビールをのみ続けた。

深刻な話になるような予感がして、まっすぐにマンションに帰る気にはなれず、人のいなくなった商店街を裕太と歩いた。ほとんどの店はすでにシャッターを閉めている。行き止まりか、と思っても右か左に曲がればまだ商店街は続いていた。廃れた市場のような場所を通り抜けると、野良猫が数匹、目の前を横切っていった。見上げると、「がんばれ！　タイガース！」と書かれたほこりだらけのブルーの旗が斜めにぶらさがっている。そこを抜けると、また商店街があらわれた。この前、一人で酔っ払って、迷い込んだ場所に近いような気もした。

「ちょっとタイム」突然、裕太が道にしゃがみ込んだ。

「兄貴、なんでそんなに元気なんだ」そう言う息が荒い。

裕太から少し離れたところに僕も座った。野良猫もホームレスも、まわりには誰もいない。尻にあたる道の冷たさが心地良かった。

「うちの商店街もいつかこうなるんだな」

そう言いながら、裕太は手にしていたペットボトルの水をのみ、僕に差し出した。ぬるい水を一口のみ、また裕太に返した。ため息をついて見上げると、アーケードが取り払われている場所があった。上空は風が強いのか、黒い空に灰色の雲が早いスピードで流れていく。

「父さんのさ……」

ん、という顔で裕太が僕の顔を見る。

「父さんの浮気相手に会ったことあるんだ中学生の頃」

へえぇぇっ、と酒臭い息を吐きながら、裕太が僕に近い場所に座りなおした。

「……なんとなくあやしいな、って思うことがあってこっそり父さんのあとつけて」

みひろといっしょに、とは言えなかった。

「飲み屋みたいな、しゃれた店やってる人で、覚えてないだろうけど、こどもまつりで会ってるおまえも」

「ぜんぜんまったく記憶にないな……」

「おまえ、まだ中学一年だったし。そのこと誰にも言ってないもの。母さんにも父さんにも」

どこからか姿をあらわした一匹の黒い子猫が道を渡って近づいてきた。裕太が手を伸ばし、舌を鳴らして呼ぶが近づこうとしない。

「父さんが家に帰ってこなかったことがあってさ。もしかして、と思って店まで行ったんだよ。その人、子どもが一人いて……父さんとの間にできた子どもなんじゃないかって、ずっと疑ってて」

「え……」

そう言いながら、長い尻尾を立てて、またどこかに歩いていこうとする黒猫を裕太が目で追う。

「でも違った。父さんの子どもじゃなかったんだ」

あの店の名前、父さんの浮気相手の女の人の名前を思い出そうとしたが、酔いのせいか、どうしても浮かんでこなかった。あの夜、あの人に何か大事なことを言われたような気もした。

裕太はずっと黙っていたが、突然立ち上がり、僕の前で土下座をした。訳もわからず、裕太を見つめていると、顔を上げて、裕太が叫ぶように言った。

「兄貴、ほんっとうにごめん」

一度、裕太のそばに近づこうとした黒猫が足を止め、裕太を見上げる。

「……子ども……できたんだろ？」

「……知ってたのか……」

「誰かに聞いたわけじゃない。なんとなく、おまえ見たときから、そんな気がしてた……」

今日会ったときから、裕太が死んだ父さんに似ているような気がしていたからだ。

裕太は土下座の体勢のまま泣き出した。

「なんで泣くんだよ、バカ」

突然、手の甲にざらりとした感触を感じた。

さっきの黒猫が小さな赤い舌を出して、しきりに舐めていた。

「あいつの母さんみたいに、みひろはまた商店街の噂の種になるんだ。僕とつきあっていたことも、妊娠してたことも、商店街のみんなが知ってる。今度は弟のおまえと結婚して子ども産むんだ。だから、おまえちゃんと、みひろと子どもを」

「わかってる。俺が」泣き声でそこから先は続かなかった。

けれど、思うのだ。僕や裕太が、みひろを守ってやるなどと思うことは、もしかして、とても図々しくて、傲慢で、あつかましいことなのかもしれないと。

「おまえの母さん、いんらんおんな」と言われて、ただ泣いていたみひろは、もうどこにもいないような気がした。

手のひらにすっぽり収まりそうな黒猫の小さな頭を撫でながら、ふいにこみ上げてくるものがあって顔を上げた。雲間から今にも消えそうな星がひとつ瞬いているのが見えたが、またすぐに雲に隠れて見えなくなった。

誰にも遠慮はいらないの。なんでも言葉にして伝えないと。どんな小さなことでも。幸せが逃げてしまうよ。

顔も名前も思い出せないけれど、あの夜、美しいあの人は確かに僕にそう言った。

「裕太、おめでとう」

さっきよりもさらに大きな声をあげて泣きはじめた裕太に驚いて、黒猫はどこかに走り去っていった。

京子の携帯に何度かメッセージを残したものの、返事はなかった。番号を変えてはいないのだから、いつかは連絡をくれるかもしれない、と思いながら、町が少しずつクリスマスの装い（よそお）を纏（まと）っていくのをただ見ていた。この町に来てから携わっていた仕事は無事納品され、仕事や同僚にイライラすることもなくなった。仕事に忙殺されているときにはなかなか行けなかった、『いたずらな子猫ちゃん』を訪れてはみたものの、黒いドアには、もうまったく違う店のプレートが下げられていた。

「そんなに好きやったんやなぁ。意外なもんや」

もしかして京子は別の店にいるのでは、と思って、内浦さんとしばしば風俗店を訪れるようになった僕を、同僚たちは半ば軽蔑したような目で見たが、内浦さんは同好の士を得たと思ったのか、うれしそうにさまざまな店に連れて行ってくれた。できない僕をストレートに嘲る（あざけ）女もいた。言われればひどく落ち込みもした。今までだって、このままでいい、と思っていたわけではないけれど、裕太とみひろに子どもができたことが治療を再開するきっかけにもなったことは事実だ。専門の病院でカウンセリングを受けるようになった。それでも僕の調子は低空飛行だったけれど。

有休をとった日がクリスマスイブだと気づいたのは、目覚めたあとだった。一人で家にいたくなくて町に出た。

若いカップルだらけの繁華街を歩いた。京子に似ている女には自然に目が吸い寄せられた。この町のどこかにいるはずだ。この町で暮らしていればいつか出会えるはずだ、と僕は思っていた。

「浮気なんかして！　許さへん！」

女の金切り声に振り返った。人ごみのなかで大学生くらいの男が頬をおさえて目の前の女を見つめている。頬を張った女のほうが今にも泣きそうな顔をしていた。まわりの人間は、突然始まった痴話喧嘩（ちわげんか）をにやにやしながら遠巻きに見ていた。指をさして陰口を叩く人もいた。男と女の感情の激しいぶつかりあいすら、うらやましいと思いながら見ている自分がいた。遠ざかりながら、父さんと母さんもあんな喧嘩をくり返してきたのかもしれないという気がした。ぶつかって、あきらめて、無視して、またくっついて。最後の瞬間、父さんは母さんに看取（みと）られて死んだ。

足は自然に繁華街を抜けて、いつか京子と来た公園に向かっていた。自分とそれほど年齢の変わらなそうな父親が男の子の自転車のうしろを支えながら走っていた。だいじょうぶ、だいじょうぶ。大きな声をあげる父親が手を離した自転車は蛇行しながらも、ゆるゆると走り出す。来年生まれてくるみひろと裕太の赤んぼうのことを思った。商店街の子どもだ。僕と裕太のように、商店街で大きくなって、いつか誰かに恋をする。

横断歩道を渡って、さらに歩き続け、橋を渡った。コートの下に、うっすら汗をかいていた。冷たい風が頬を撫でる。白い冬の夕陽が川の向こうにゆっくり沈んでいく。

さっき聞いた若い女の声が耳をかすめる。許さへん。あの若い男は許してもらえるだろうか。僕はいつか許せるだろうか。許せなかったいくつもの出来事が頭のなかを通り過ぎていく。みひろを置いて若い男と家を出たみひろの母親を。みひろの母親をいんらんおんな、と笑った商店街の人たちを。家庭がありながら浮気を続けた父さんを。それをだらしなく見て見ぬふりをした母さんを。僕から逃げ出したみひろを。僕からみひろを奪った裕太を。そして、自分を。

教会のなかからパイプオルガンの音と聖歌が聞こえてきた。礼拝堂の扉をそっと開けると、たくさんの人とキャンドルの灯りが目に飛びこんできた。誰かの誕生を祝福する歌声が満ちていた。クリスチャンでもない自分がここにいてはいけない気がして、一度開けた扉を閉めて外に出た。

教会の向かい側に立ってミサが終わるのを待った。ステンドグラスに礼拝堂の中で揺れるたくさんのキャンドルの灯りが映っていた。あまりの寒さに、途中、自動販売機のある場所まで歩き、温かいミルクティーを飲んで待った。ミサを終えた人たちが出てきたのはそれからしばらくしてからで、その頃にはもうすっかり体の芯（しん）まで冷え切っていた。ほんのりと頬を上気させた人たちが、良いお年を、と笑顔で挨拶（あいさつ）を交わしながら、教会の前から去って行った。

　京子が出てきたのは、もうすっかり人がいなくなった頃で、僕の顔を驚いたように見て、足を止めた。襟元にファーのついたコートを着た京子は、自分が最後に見たときよりも、さらに若くなったような気がした。京子はゆっくり近づいて、僕の手をとり、手の甲をさすった。まるで子猫のざらついた舌で撫でられているように、京子の指先はかさかさしていた。

「ちんちん治ったんか？」

「今、治してる。治るかどうかはわからない」

「どっちでもええやん。な」

　そう言って僕の手をぎゅっと握った。京子の顔を見た。

「なぁ、おれとつきあわへん」

「いんちきな関西弁、いらっとするわぁ」

　そう言って笑い、僕の首に腕を巻きつけてきた。会いたかったで、圭ちゃん。耳元でかすれる声が小さく震えていた。フェイクファーが僕の頬を撫で、コート越しに京子の体のあたたかさが、少しずつ伝わってきた。そのかすかな熱が冷え切った僕の何かをゆっくりと溶かしていくような、そんな予感がしていた。

解説

尾崎世界観

ビジネスホテルのユニットバスで、お湯に浸かりながら「よるのふくらみ」を読む。見つける前に読んだときと変わらずに、登場人物は息を殺して相手を見つめている。見つけてしまった相手の気持ちを、真っ直ぐに見つめて途方に暮れている。所々黒ずんだシャワーカーテンの生乾きの臭いが、ドラマや映画における主題歌のような役割を果たしていて、ページをめくる度に余計息苦しくなった。どのページにも、普段閉じ込めて外には出さない感情が丁寧に書かれていて、次第にその息苦しさが心地よさになっていく。

どんなに繋がっていても相手を疑ってしまう瞬間がある。繋がっていることすら信じられなくなってしまうとき、信頼が甘えに形を変えて裏切りや憎しみに取り囲まれるとき、どうしても楽をして孤独に逃げてしまう。

それでも、生きている以上は誰かと繋がっていなければいけない。いつだって喜びや安心は、誰かと繋がっている状態でしか得られなかったから。

「仲の良い友達同士でペアを作る」あの瞬間に生じる緊張感。何よりも苦痛な答え合わせの時間。

今まで数えきれないほど、友達という名の他人に振り回され続けてきたし、友達という他人を傷つけて切り捨ててきた。

仕方なく出来上がった即席のペアで、延々と続く退屈な時間を塗りつぶしたりもした。

それは家族や恋人に対しても変わらない。スマートフォンの液晶に貼り付けた保護フィルム、その隙間に入り込んだ気泡のように、いつまでも無くならずに居場所や形を変えて存在している。

その人を大事にすればするほど、その人に近づけば近づくほどに許せなくなる。

鏡のように透き通った保護フィルムだからこそ、小さな気泡が気になってしまうのと一緒だ。

そんなことを思いながら明日のライブのことを考えていた。

夏になると毎週末、全国各地でロックフェスが行われる。ありがたいことに「夏フェス」と呼ばれるそれで週末の予定はほぼ埋まる。

どこへ行っても、出演バンド自体は大して代わり映えがなく、一瞬自分がどこに居て何というフェスに出ているのかもわからなくなる。

午前中から、いくつものステージで同時進行で行われるライブ。五分刻みで組まれたタイムテーブルに沿って、入れ替わり立ち替わり、様々なバンドがステージに吐き出されていく。

予定時刻ピッタリにお決まりのジングルを待って打ち上げ花火のような歓声をあげる観客。その歓声に導かれるようにしてステージに向かうバンド。

バンドのボーカルが、まずは挨拶代わりにその土地の名前を大声で叫ぶと、それに答える大勢の観客達の手があがる。歓声が鳴り止むのを待たずに、それでいてその歓声を真摯に受け止めていることも充分にわかる絶妙なタイミングで一曲目のイントロが始まる。ドラムのビートに合わせて観客の波がステージへ押し寄せる。「オイッオイッ」という観客の声に背中を押されて一番のサビを歌い切った後、これから始まる間奏で、せっかくここまで作り上げた空気が冷えないように、サビ終わりでしっかりと観客を煽るボーカル。すかさずそれに大きな歓声で応える観客。

一曲目がワンコーラス終わった所で、すでにこれだけのやりとりがある。ロックフェスはバンドと観客の絶妙な気遣いで成り立っている。

ステージに向けられた視線と歓声の先に、観客の歓声に応える叫び声のなかに、確かな諦めが存在する。一体感という名の諦めに身を任せて、気づかないフリでその瞬間を幸せにやり過ごすことに全力を尽くす。

本当のことを見つけてしまわないように、誰もが大きな声を出して我を忘れたフリをしている。

これは男女の関係に限りなく近いと思う。恋人同士や夫婦、様々な形に当てはめていくと思い当たる節がいくつもある。

※観たくもない映画に付き合う代わりにラブホテルでセックスをさせて貰う。
これは、もうやり尽くした過去のヒット曲を演奏する代わりに、発売日が近い、もしくは発売されたばかりの新曲を聴いて貰うバンド側に当てはまる。

※半日子供の面倒を見る代わりに夜は友達と飲みに行く。
これは、発売日が近い、もしくは発売されたばかりの聴き慣れない新曲を聴かされる代わりに、待ち焦がれたヒット曲で、拳を突き上げて思う存分飛び跳ねる観客側に当てはまる。

出番を終えてすぐ、翌日のロックフェスに前乗りする為に会場を出た。
最寄駅で特急列車を待つベンチには、同じように早目に会場を出た何人ものお客さんが座っている。

気まずさを押し殺して、他のバンドのTシャツやタオルを身につけたお客さん達の前を通り過ぎる。

「すいません尾崎さんですよね写真撮ってください」

いかにも「すみません」ではなく「すいません」と言いそうで、なおかつアルバイト先の飲食店では「～でよろしかったでしょうか」と間違った敬語を使っていそうな、他のパンクバンドのTシャツを着た肌の黒い男の子に声をかけられた。

握手をして別れ際に「応援しています」と言ってくれた男の子に対して、笑顔で「ありがとうございます」と返した。

彼が本当に好きな、彼が今着ているTシャツのバンドのメンバーに会ったとき、どんな表情でどんな言葉をかけるんだろう。

窪さんの小説は「生理小説」だと思う。悪い奴を探す推理小説ではなく、悪い奴を許す生理小説。誰かの罪が暴かれる瞬間より、誰かの罪が許される瞬間に立ち会える。

みひろと圭祐と裕太の言葉は、ドロッとした血の塊のようで、自分の奥底に押し込めたものによく似ている。どうしてもそうせずにはいられない、その衝動を読んでいると、「生きてるな」と思ったりして恥ずかしくなる。

窪さんの作品を読むと、誰かと繋がっていたくなるから困る。諦めていた本当のことに向き合ってしまいそうで苦しくなる。

そして、そのことに安心する。

（二〇一六年八月、ミュージシャン）

この作品は二〇一四年二月新潮社より刊行された。

川上弘美著 **センセイの鞄**
谷崎潤一郎賞受賞

独り暮らしのツキコさんと年の離れたセンセイの、あわあわと、色濃く流れる日々。あらゆる世代の共感を呼んだ川上文学の代表作。

川上弘美著 **どこから行っても遠い町**

二人の男が同居する魚屋のビル。屋上には、かたつむり型の小屋――。小さな町の人々の日々に、愛すべき人生を映し出す傑作小説。

川上弘美著 **なめらかで熱くて甘苦しくて**

それは人生をひととき華やがせ不意に消える。わきたつ生命と戯れながら、恋をし、産み、老いていく女たちの愛すべき人生の物語。

角田光代著 **キッドナップ・ツアー**
産経児童出版文化賞・路傍の石文学賞受賞

私はおとうさんにユウカイ（＝キッドナップ）された！　だらしなくて情けない父親とクールな女の子ハルの、ひと夏のユウカイ旅行。

角田光代著 **さがしもの**

「おばあちゃん、幽霊になってもこれが読みたかったの？」運命を変え、世界につながる小さな魔法「本」への愛にあふれた短編集。

角田光代著 **私のなかの彼女**

書くことに祖母は何を求めたんだろう。母の呪詛。恋人の抑圧。仕事の壁。全てに抗いもがきながら、自分の道を探す新しい私の物語。

三浦しをん著 **風が強く吹いている**

目指せ、箱根駅伝。風を感じながら、たすき繋いで、走り抜け！「速く」ではなく「強く」――純度100パーセントの疾走青春小説。

三浦しをん著 **きみはポラリス**

すべての恋愛は、普通じゃない――誰かを強く大切に思うとき放たれる、宇宙にただひとつの特別な光。最強の恋愛小説短編集。

三浦しをん著 **天国旅行**

すべてを捨てて行き着く果てに、救いはあるのだろうか。生と死の狭間から浮き上がる愛と人生の真実。心に光が差し込む傑作短編集。

唯川恵著 **100万回の言い訳**

恋愛すると結婚したくなり、結婚すると恋愛したくなる――。離れて、恋をして、再び問う夫婦の意味。愛に悩むあなたのための小説。

唯川恵著 **とける、とろける**

彼となら、私はどんな淫らなことだってできる――果てしない欲望と快楽に堕ちていく女たちを描く、著者初めての官能恋愛小説集。

唯川恵著 **霧町ロマンティカ**

別れた恋人、艶やかな人妻、クールな女獣医、小料理屋の女主人とその十九歳の娘……女たちに眩惑される一人の男の愛と再生の物語。

よるのふくらみ

新潮文庫　く－44－4

平成二十八年十月一日発行
平成二十九年六月十日九刷

著者　窪（くぼ）美（み）澄（すみ）

発行者　佐藤隆信

発行所　株式会社新潮社

郵便番号　一六二―八七一一
東京都新宿区矢来町七一
電話　編集部(〇三)三二六六―五四四〇
　　　読者係(〇三)三二六六―五一一一
http://www.shinchosha.co.jp

価格はカバーに表示してあります。

乱丁・落丁本は、ご面倒ですが小社読者係宛ご送付ください。送料小社負担にてお取替えいたします。

印刷・大日本印刷株式会社　製本・株式会社植木製本所

ISBN978-4-10-139144-1 C0193